皇帝の薬膳妃

紅き棗《なつめ》と再会の約束

尾道理子

角川文庫
22883

目次

一、皇帝陛下の一の后　七
二、謎の麗人　三〇
三、華蘭と侍女三人衆　七〇
四、即位・立后の式典　九五
五、皇帝、黎司　一〇三
六、后の宮の御膳所　一一五
七、初見えの儀式　一四一
八、皇帝の薬膳饅頭　一七八
九、紅葉の宴　二〇〇
十、三つ目の先読み　二三〇
十一、玄武の后宮にて　二六九

用語解説と主な登場人物

伍尭國《ごぎょうこく》

麒麟の都を中央に置き、北に**玄武**、南に**朱雀**、東に**青龍**、西に**白虎**の**五つの都**を持つ五行思想の国。

四公《しこう》

東西南北それぞれの地を治める領主。重臣として国の政治中枢にも関わる。

玄武《げんぶ》……医術で栄える北の都。

- **董胡《とうこ》** 性別を偽り医師を目指す少女。「人の欲する味が五色の光で見える」という力を持つ。
- **鼓濤《ことう》** 董胡と同一人物。玄武の姫として皇帝に輿入れする。
- **卜殷《ぼくいん》** 小さな治療院を営む医師。董胡の親代わりであり師匠。
- **楊庵《ようあん》** 董胡の兄弟子で、幼い頃からともに暮らす。

- **玄武公 亀氏《きし》** 玄武の領主。絶大な財力で国の政治的実権をも握る。
- **濤麗《とうれい》** 董胡の母。故人。
- **華蘭《からん》** 亀氏の愛娘で、董胡の異母妹。翔司と懇意。
- **茶民《ちゃみん》** 董胡の侍女。貯金が生き甲斐《がい》。
- **壇々《だんだん》** 董胡の侍女。食いしん坊。
- **章景《しょうけい》** 玄武公の側近。医術博士。

麒麟《きりん》……皇帝の住まう中央の都。国の統治組織を備えた王宮を有する。また、天術を司る皇帝の血筋の者も「麒麟」と呼ばれる。

- **黎司《れいし》** 現皇帝。うつけの乱暴者と噂される。
- **翔司《しょうし》** 黎司の異母弟。粗暴とされる兄を憎む。
- **孝司《こうし》** 先帝で黎司と翔司の父。生前は玄武公の傀儡《かいらい》となっていた。
- **凰葉《おうは》** 黎司の母。故人。朱雀の血筋。
- **翠明《すいめい》** 黎司の側近。神官。
- **孔曹《こうそう》** 太政大臣。黎司の大叔父で、玄武公が逆らえない唯一の存在。
- **万寿《まんじゅ》** 王宮の薬庫を担当する医官。

白虎《びゃっこ》……商術で栄える西の都。

- **白虎公 虎氏《こし》** 白虎の領主。玄武公と結託し、私腹を肥やす。

朱雀《すざく》……芸術で栄える南の都。

青龍《せいりゅう》……武術で栄える東の都。

本作は書き下ろしです。

一、皇帝陛下の一の后

「鼓濤《ことう》。そなたを玄武《げんぶ》の一の姫として皇帝陛下に輿入《こしい》れさせることとする」

御簾《みす》の向こうから突然告げられた言葉に、董胡《とうこ》は呆然《ぼうぜん》とした。

何かの間違いだと思ったのも当然だ。すべて間違っていた。何一つ正しいことはない。

「鼓濤？　あの……わたくしの名は董胡と申しまして、此度《こたび》は玄武公さま直々に医師の免状を頂けるとうかがい、畏《おそ》れ多くも宮に参上致しました次第で……」

伍尭國《ごぎょうこく》の北の都、玄武。

その玄武の都の中心に領主である亀氏《きし》一族が住む黒水晶《くろすいしょう》の宮がある。

医術の都と呼ばれる玄武の地には多くの医家があり、その総本山となるのがこの黒水晶の宮だ。医薬を一手に担う亀氏は、近年の薬膳《やくぜん》茶などの流行に伴い大変な富を成し、皇帝すらも凌《しの》ぐ栄華を極めていた。その絶大な財力はいつしか政治的実権さえも手中に収め、権力の均衡を乱すほどになりつつあると聞く。

その絢爛《けんらん》豪華な黒水晶の宮に、平民の菫胡がなぜか場違いに召し出されていた。

医師の道は平民にも開かれており、菫胡は皇帝陛下が公費で開いている麒麟《きりん》寮という塾に三年間通い、十七歳で晴れて試験に受かった。しかも首席だった。

このことに玄武公がいたく感心し、自ら医師免状を渡したいと宮に呼ばれてきたのだ。

どう考えても人違いだ。しかも一番大きな間違いは菫胡の装いを見れば分かる。

白の袍《ほう》に浅葱《あさぎ》色《いろ》の下袴《したばかま》。髪は両耳のあたりで束にして組み紐《ひも》で結ぶ角髪《みずら》にしている。

これは医生の基本的な装いで、もれなく男性の服装であった。

平民にも開かれた医師の道であるが、女性がなることはできない。

色白で大きな黒目の菫胡は、幼い頃から村一番の美童などと言われていたが、華奢《きゃしゃ》な体格にも拘《かか》わらず女と間違われたことはない。服装で間違えようがないからだ。

どう見ても男性医生姿のはずの菫胡に、陛下への輿入れの話などありえなかった。

どこかの高貴な姫君と順番を間違えて拝謁してしまったのかと、横に控える案内の男性貴族を見た。医術博士の称号を持つ玄武公の側近で章景《しょうけい》と言っていた。

「驚かれるのも無理はございません。鼓濤様は幼少の頃、悪しき者に連れ去られて行方知れずのままでございました。長年手を尽くして捜して参りましたが見つからず、お館《やかた》様も諦《あきら》めておいででした。それが今回の医師試験にて素晴らしい成績を修めた者はどのような素性かと調べるうちに、行方知れずの鼓濤様だと分かったのでございます」

「な！　まさか……。だって私は……」

この宮からは遠く離れた斗宿《としゅく》という田舎の村で治療院をしている卜殷《ぼくいん》先生に拾われ、弟子として医術を習いながら細々と暮らしてきた。そんな話は聞いていない。

「まさか東の果ての斗宿まで連れ去られていたとはのう。しかも平民の集落で男装となれば、見つからぬのも仕方がない。長い間、見つけてやれなくてすまぬことをした」

御簾の向こうで貫禄《かんろく》のある低い声が響く。

本来ならば平民の董胡が垣間見《かいまみ》ることもできぬ雲の上の存在だ。その高貴な方の娘だというのだ。誰しもが降ってわいた幸運と思うかもしれない。だが董胡は違った。

「お、恐れながら私は男性で……やはり何かの間違いかと……」

本当は女であることも、玄武公の娘であることも認めるわけにはいかない。苦労してようやく摑《つか》んだ医師への道だ。どうしても医師になりたい理由があった。

董胡は震える手を握りしめ、玄武公にひれ伏した。

「融通の利かぬところも濤麗《とうれい》にそっくりじゃな」

「濤麗？」

聞きなれない名前に、董胡は首を傾げた。

「そなたの母の名じゃ。誤魔化しても無駄だ。そなたは濤麗に生き写しだ。一目見て間違いないと確信した。心配せずとも男性と偽って医師の試験を受けたことは不問に致す」

「…………」

董胡が女であることは、卜殷と兄弟子の楊庵《ようあん》しか知らない秘密だった。もしもばれたら董胡だけではなく卜殷と楊庵も死罪になるのだと言われ続けてきた。

それがすでにばれていることを悲しむべきなのか、不問にしてくれることを喜ぶべきなのか。

「のう、鼓濤よ。長年見つけてやれなかった父を許してくれるか？」

雲の上の玄武公に父と言われて、董胡はすっかり面食らっていた。

「い、いいえ。許すなど……私ごときが畏れ多いことでございます」

「では、許してくれるか？　せめてもの詫《わ》びにと、そなたに最高の縁組を用意した。皇帝陛下の一の后《きさき》になるのは数多《あまた》の姫君にとって最高の誉れじゃ。先帝が亡くなられた直後にそなたが見つかったのも神の思《おぼ》し召しであろう。娘にしてやれる儂《わし》の最高の善意を受け取ってはくれぬか？」

雲上の方にこのように言われて、董胡は戸惑った。

それは女性として最高の幸せなのかもしれない。しかし、董胡は今日まで医師の免状を目標に生きてきた。医師を目指すからには、生涯男として生きていく覚悟も決めていた。それなのに今更気持ちがついていかない。

今日は長年の目標であった医師の免状を受け取る喜ばしい日だったはずなのに。

これまで学んだすべてが水泡に帰してしまう。

「なんじゃ？　この父の善意が不服か？」

中々返事をしない董胡に、玄武公の声音が少し鋭くなる。

「い、いえ。ありがたきお言葉に感謝致します。ですが医師になるために努力をしてきた、これまでの人生はなんであったのかと、どうにも心が追い付かず……」

董胡には董胡としての夢があった。皇帝の后になるよりも叶《かな》えたい夢が……。

「なんじゃ、そんなことか」

しかし玄武公はなんでもないことのように鼻で笑った。

「ではこうするがいい。麒麟寮の董胡という医生に、儂は医師の免状を授与することにしよう。董胡という医生は、その免状をもって夢を叶え生涯を終えたのじゃ。そしてその後《のち》は、玄武の一の姫、鼓濤として生きるがよい。それでよいな？」

「…………」

董胡は言葉をなくした。董胡の十七年の歳月を、そんな一言で葬り去るつもりなんて。

「鼓濤様。お館様のありがたいお申し出ですぞ。それでよろしいですな？」

章景がこれ以上言わせるなという顔で畳みかける。董胡は絞り出すように答えた。

「どうか……少し……考えさせてくださいませ」

一瞬、斬り捨てられるのかという空気が流れたが、この日は下がることが許された。

挨拶《あいさつ》の後、董胡が通されたのは襖絵《ふすまえ》も煌《きら》びやかな客人用の部屋だった。

隅には美しい薄絹の掛けられた几帳《きちょう》があり、漆塗りに金箔《きんぱく》で絵が描かれた調度がいくつか置かれていたが、平民の董胡には初めて見るものばかりで何に使うものかも分からなかった。

困惑したまま、足ざわりのいい上等そうな畳にぺたりと座り込むと途方に暮れた。

「何がどうなってるんだ。あれほど慎重に女であることを隠してきたはずだったのに、まさか亀氏様にばれてしまっていたなんて。どうして……」

麒麟寮に入寮してからは、自分でも女だということを忘れてしまうほど男になりきっていたはずだった。このまま一生ばれないという妙な自信さえあったのに。

「しかも鼓濤って？　この私が亀氏様の娘だって？　そんな馬鹿な」

とんでもない人違いをされたものだと頭を抱えた。

「ちゃんと調べ直して卜殷先生に事情を聞けば人違いだって分かるはずだ」

この十七年、自分が貴族の生まれだなどと考えたこともなかった。まして玄武公の亀氏様の娘だなどと、夢物語の空想でも思いつかなかった。

「昨日までの私の日々のどこにも、そんな片鱗《へんりん》もなかったんだから」

董胡は動揺が収まらないままに、昨日までの斗宿での貧しくとも平和な日々を思い返していた。

◆

「葛根《かっこん》、桂皮《けいひ》、柴胡《さいこ》、大黄《だいおう》。それから半夏《はんげ》が少なくなってるな。患者の中に悪阻《つわり》のひどい妊婦が二人いるからもう少し仕入れておいた方がいいかな」

王都の北に位置する玄武領。その東のはずれにある斗宿の村の簡素な小屋で、董胡は
ぶつぶつと独り言をいいながら薬草籠《やくそうかご》を確認していた。

「それから竜骨《りゅうこつ》。私の宝物の一つだ。本物の龍の骨だって言ってたけど本当かなあ。苦労して手に入れたんだから本物だよね。うん、間違いない。ふふふ」

どう見ても道端に落ちていた小石にしか見えない竜骨をつまんで、一人ほくそ笑む。

細長い床几《しょうぎ》を二つ並べただけの診察台と、壁一面の棚に並ぶ薬草の入った籠、それから黄ばんだ紙と硯《すずり》と筆の置かれた卓子《たくし》と椅子。それがすべての、小さな村の治療院だった。

「卜殷先生。またいつものやつがきやがった。助けてくだせえ」

そんな治療院に駆け込んできたのは近所の農民、庄助《しょうすけ》だ。

「庄助さん、いつもの頭痛ですか？　すぐに先生を呼びますから待っててくださいね」

董胡は患者を床几に座らせ、奥の座敷に向かって「卜殷先生！」と呼んだ。

呼ばれて出てきた四十を過ぎた男は、瓢簞《ひょうたん》酒を手に持ったままよろよろしている。

「なんだあ、庄助。今日の診療は終わりだ。明日《あした》にしてくれ。ひっく」

「そんなこと言わないでくだせえよ。頭が割れそうに痛《いて》えんだ」

「そんなもん横になってりゃ治る。それよりお前が頭痛になったということは大風が来るな。楊庵、董胡。嵐がくるぞ。飛ばされそうなもんを家の中に入れて頑丈に戸締りをしろ！」

「ちょっと卜殷先生。嵐の心配よりわしを診てくださいよ。今日の頭痛はいつものより強烈なんだ。頭が取れちまうんじゃねえかってぐらいなんです」

庄助は頭をおさえてぐったりしている。

「卜殷先生、早く診てあげてくださいよ、もう」

奥から出てきたもう一人の助手、楊庵が気の毒に思って庄助を介抱した。

二人の助手は長い黒髪を両耳のあたりで束にして結わえた角髪《みずら》にして、医家が着る白い袍《ほう》に腰帯を巻いている。少年用のそれは袂《たもと》が短く、中の袴《はかま》も細めで動きやすくなっていた。

同じ恰好《かっこう》をしている二人だが、見間違えることはない。なぜなら三歳違いの二人は、年の差以上に背丈が違い、容姿もずいぶん違っているからだ。

三歳年上の楊庵は、医家にしておくにはもったいない引き締まった肉体と、人懐っこい忠犬のような当たりのいい顔つきをしている。

対して董胡は、小柄で線が細く楊庵より頭一つ分ほども背が低いのだが、村の女たちが毎日のように用もなく覗《のぞ》きにくるほどの美少年だった。

「庄助さん、台の上に寝て下さい。今お薬を煎《せん》じますから」

董胡は籠から薬草を取り出し、楊庵は庄助に手を貸して診察台に寝かせた。

二人があくせくと働く間に卜殷は卓子の椅子に座り、相変わらず酒をあおって告げた。

「楊庵。診たててみろ」

「診たてるって、庄助さんのいつもの頭痛ですよね？　大風の前によく起こる」

大風が来る前にいつも頭痛を訴える常連客の一人だ。

理由は解明されていないが、どういうわけか大風の前には頭痛を訴える者と気息の乱れを訴える者が増える。卜殷は体内の水の流れが偏るせいだと二人の弟子に教えていた。

「ふむ。では薬は何を処方する？」

卜殷は試すように楊庵に尋ねた。楊庵は任せてくれと鼻息荒く答える。

「利水薬となる蒼朮《そうじゅつ》・茯苓《ぶくりょう》・沢瀉《たくしゃ》・猪苓《ちょれい》、それから四薬の効果を上げる桂皮《けいひ》を含めた五《ご》苓散《れいさん》を処方致します」

いつも卜殷が庄助に処方している薬だ。間違えるはずがない。

しかし卜殷は薬草を選んでいた董胡に重ねて尋ねた。

「董胡はどうだ？　楊庵の処方で間違いないか？」

問われた董胡は、顔に比して大きすぎる黒目を見開いて診察台に寝そべる庄助の全身を見つめた。そして「あっ！」と呟《つぶや》いた。

「庄助さん。今日の昼間は長く畑にいたんじゃないですか？」

「そりゃあ農民は畑を耕してるさ」

庄助は頭をだるそうに押さえながら答えた。

「今日はひどく暑かったんじゃないですか？」

「暑かったよぉ。昨日まで涼しかったから秋が来たと思うてたら、夏に逆戻りだ。編み笠《がさ》も被《かぶ》らんで行ったからひどう疲れたなぁ」

董胡は納得したように頷《うなず》いた。

「え？　どういうこと？　五苓散じゃダメなの？」

楊庵が不安そうに尋ねた。

「五苓散もいいのだけど、飲む前に白虎加人参湯《びやつこかにんじんとう》で水の充足をすべきかと思います」

「白虎加人参湯？　じゃあ熱あたり（熱中症）ってこと？」

「うん。熱あたりによる水脱《すいだつ》が起こって頭痛になっているのだと思います」

酒好きだが医師としての腕はいい卜殷は「うむ」と頷いた。

悔しそうにうつむく楊庵の背中を卜殷は勢いよく叩《たた》いて一応なぐさめた。

「まあ……わしも最初は分からんかった。気付いた董胡が特別なんだ」

董胡は特別と言われても、三歳年上の楊庵は暗澹《あんたん》たる気持ちになった。

診たてに関して、楊庵は董胡に勝てたことがない。

「お前は鍼《はり》を打たせれば右に出るものはいない。得意なもので補い合えばいいことだ。ほれ、董胡が薬を煎じるまで鍼で楽にしてやれ」

「はい……」

楊庵が鍼箱を持ってきて診察台の庄助に鍼を打つと、たちまち苦痛に歪《ゆが》んでいた表情が和らいだ。楊庵のツボをとらえる正確さは、董胡がどれほど練習しても追いつけなかった。董胡は魔法のように鍼を打つ楊庵がいつも羨《うらや》ましい。

楊庵という鍼打ちの天才を見るにつけ、董胡は自分が医師には向いていないと思った。


医師が多く住む玄武の都だが、医術を行う者は三種類に分かれていた。

まずは卜殷や楊庵のように患者を診て鍼を打ち、薬を処方する医師。

それから処方された薬を煎じて飲ませる薬師。

そしてあまり数はいないが、薬膳《やくぜん》師という職があった。

前の二つが病気になってしまった後の処置であるのに対し、薬膳師は病気の予防を目的とする職で、貴族を中心に最近流行《はやり》になりつつある。

もちろん三つの技を備えた器用な者もいるが、医師が薬師と、稀《まれ》に薬膳師を助手にしている場合が多い。なぜなら薬を自分で煎じるのを面倒がる医師が多く、また薬膳師にいたっては料理が出来なければならないが、たいていの医師は料理が下手だ。

薬を処方するように薬膳料理を作るのでまずくて食べられない。

少し前に医師が薬膳料理の店を出したことがあったが、まずい割にたいして効能を感じられないとすぐに潰《つぶ》れてしまった。

長らく腕のいい薬膳師が現れぬままに、日の目を見ぬ職だった。

食べやすく、さらに効能もある薬膳料理を作るのは簡単ではない。

まず何より一人一人の体の具合や味の好みを知らなければ、満足できる料理など作れない。高度な能力が必要な割に需要の少ない職だった。

だが、董胡は幸いにも非常に有利な能力を備えていた。


「うめえ～っ！　あー董胡の作る料理はやっぱりうまいよなあ」

庄助も帰って、奥の座敷で囲炉裏を囲み三人で夕餉《ゆうげ》をとる。料理の担当はいつも董胡だ。押し付けられているわけではなく、料理が好きだった。

それに孤児の董胡を弟子として置いてくれている卜殷先生への恩返しもある。

物心ついた頃から先生と呼び、親代わりに育ててくれたことに深く感謝している。同じく孤児の楊庵は、董胡とほぼ同じ時期に弟子になったのだが勝手に歳の順で兄弟子だと言っている。

「楊庵が青龍人《せいりゅう》みたいな筋肉をつけたいって言うから今日も笹身《ささみ》の饅頭《まんじゅう》にしたよ」

東の都、青龍は『武術の都』とも呼ばれ、武道場が林立している。麒麟寮に行く途中でたまに見かける青龍人は、玄武人の三倍ほどの腕回りをしていた。

饅頭と汁椀《しるわん》だけのささやかな夕餉だが、饅頭にはいつも趣向を凝らしている。

「子供の頃、黄軍《こうぐん》の武官を見たことがあるんだ。かっこよかったよなあ」

楊庵は思い浮かべてため息をついた。黄色は伍尭國では皇帝の色だ。つまり黄軍とは皇帝の近衛《このえ》軍のことだった。黄軍のほとんどが青龍人だと言われている。

「青龍人はどんなものを食べているんだろう。やっぱり食べ物が違うのかなあ。きっと青龍の地に育つ作物に筋肉がつく食材があると思うんだよね」

見た目のかっこよさに憧《あこが》れる楊庵と違って、董胡の興味は何を食べたらそんな筋肉質の体になるのかということのみだ。薬膳趣味が高じて、何事もすぐに食材と結びつけて考えてしまう癖《くせ》が董胡にはあった。

「生まれつきの体が違うんだと思うぜ。食べ物で青龍人みたいになれたら苦労しないよ」

「でも農民の鉄太《てった》にしばらく笹身饅頭を食べさせたら腕回りが二倍になったって。その割に楊庵は毎日食べさせてもあまり変わらないよね。何が違うんだろう」

董胡は楊庵の横に座り腕回りを指尺で計測すると、紙に数字を書き込んだ。

「なんだよ、俺を実験台にしないでくれよ。内緒で饅頭に変なもの入れてないだろうな。ほら董胡が収集している冬虫夏草《とうちゅうかそう》とかいう気持ち悪い生薬とかさ」

冬虫夏草とは、その名の通り冬には虫の姿で土の中にもぐり、夏になると地上に茸《きのこ》の笠を開く。掘り起こすと干からびた幼虫が根のようになって出てくる不気味な見た目だが、あらゆる病に効く斗宿原産の万能薬の一つだ。

高値で取引されていると聞くが、梅雨のあと近くの山に入ると案外簡単に見つけられる。医師の免状を持っていても、薬草や茸の知識に精通している者は意外に少なく、冬虫夏草自体を知らない者も多い。ましてや地上に出た茸だけで見分けられる者はほとんどいない。この辺では董胡と卜殷ぐらいだった。

董胡はそれらを生活が苦しくなった時に売ろうと、ひそかに干して収集していた。

「馬鹿言わないでよ。大事な冬虫夏茸を楊庵なんかに使わないよ。もったいない」

「自分の専用薬草籠《やくそうかご》にぎっしり貯め込んでんだもんな。見せられた時はたまげたよ」

一番の宝物を見せてあげると言って楊庵に一度だけ見せたことがあった。だがまだ乾燥が不十分で生々しかったのか、暗闇で微笑む董胡が怖かったのか、楊庵はぎゃあと叫んで腰を抜かしそうになっていた。

「俺はすこぶる健康だから、変な生薬は絶対入れないでくれよ。絶対だぞ」

「私の愛すべき宝物を変な生薬って失礼だよね。嫌なら食べなくていいよ」

饅頭の編み皿を取り上げようとしたが、楊庵は慌てて取り返した。

「食べるよ！　董胡の作る饅頭は絶品なんだからさ。怒るなって」

董胡の得意料理は蒸し饅頭だ。

最初は普通の饅頭を作っていたが、そのうち相手に合わせて中の具材を変えるようになった。病気の者には、症状に合わせた薬草を混ぜ込んだりもするが、そうすると味の調整が難しい。毎日いろんな人に饅頭を食べさせて日々研究している。

「どれ。楊庵の饅頭はそんなにうまいのか？」

卜殷が横から手を伸ばし、楊庵の編み皿から饅頭を一つ取って口に放り込んだ。

「あっ！　卜殷先生、自分の饅頭を食べて下さいよ！」

卜殷の前には、もう少し小粒の饅頭が置いてある。

「あまっ！　楊庵の饅頭は甘いなあ。これがうまいのか？」卜殷は顔をしかめている。

「うまいですよ！　最高です。卜殷先生こそ、よくそんな苦い饅頭を食べられますね」

卜殷の饅頭には血圧《ちあつ》の乱れを整える生薬を入れている。苦味は体の余分なものを排出する働きがあるとも言われているが、酒飲みの卜殷に必要な生薬はたいてい苦い。だが幸いにも卜殷は偏食な男で、酒のつまみに苦いものを好む。

「この苦い饅頭がうまいんだよな」

長年の研究で気づいたのだが、人というものは自分の体に必要な食材の味を好むように出来ているらしい。体に余分な酒がたまる卜殷は苦味を。不安感をため込みやすい楊庵は甘味を。そして董胡は、人がいま欲している味が五色に光って見える不思議な能力を持っていた。

「それにしてもさ、董胡はなんで庄助さんが熱あたりだって分かったんだよ。また体の周りに何か色が見えるとかそういうやつ？」

卜殷と楊庵にだけ、その不思議な能力について話していた。

「うん。庄助さんは塩味が好きだからいつも黒い光を一番強く放っているんだけど、今日はその塩味を拒絶するように黒が薄れていたから、水脱だと気付いたんだ」

誰もが見えるものと思っていた光が董胡にしか見えないものだと知った日、卜殷は珍しく神妙な顔をして「誰にも話すな」と言った。子供心に何か重大な秘め事なのだと感じたものの、卜殷は何度聞いてもそれ以上のことを教えてくれることはなかった。

仕方なく董胡は誰に教わることもなく自分一人で研究を重ねてきた。

誰もが五色の光を放っているが、人によって色の強弱が違う。そしてそれが味覚の色だと気付いたのは、治療院を手伝い始めてからだ。基本は黒が塩味、赤が苦味、青が酸味、白が辛味、黄色が甘味なのだが、複雑に交差していて単純に分かるものでもない。

何年もかけて董胡に見える色と相手の体の調子を分析して、最近ようやくその色が意味するものが少しずつ分かるようになってきた。まだまだ症例が少なく、間違った判断をしてしまう場合も多いが、当たった時は最善の処方を見つけることが出来た。

ずばり当たった時の達成感は、薬膳一筋《ひとすじ》の董胡にとって最高の褒美だ。

相手が欲する味に作った饅頭を美味《おい》しいと喜ばれ、病人の体調が少しずつ改善していく様子を見るのがたまらなく嬉《うれ》しい。誰かの力になれているのだと感じる瞬間が好きだ。

だから、医家の者があまりなりたがらない薬膳師になりたいとずっと思っていた。

医師免状を取るために麒麟寮に入寮したのは三年前のことだった。

その何年か前に、皇帝直属の麒麟寮がこの田舎の村に建てられた。寮とあるが、斗宿に住む者は通うこともできる医塾だ。他にも医師養成塾はあるが、斗宿のそれは皇帝の意向で薬膳師の養成に力を入れている国費で学べる塾だった。建てている時から董胡は再三卜殷に入寮を願い出ていた。だが卜殷はずっと首を縦に振ってはくれなかった。

「ああいうところは大きな医家の子息が通うものだ。こんな貧乏治療院の孤児が行ったところで苦労するだけだ」

「ですが試験に受かれば誰でも無料で入寮できるのですよね？　帝《みかど》は広く才能あるものを求めるとおっしゃったそうです。私でも入れるでしょう？」

「俺も。俺も行ってみたい。それで立派な医官になって卜殷先生に恩返ししてやるよ」

楊庵も身を乗り出した。

「へっ！　医官どころかいじめられて泣きべそかいて戻ってくるぞ」

「無理だと思えばやめればいいじゃないですか」

「そうです。だめだと思ったらやめればいいだけです。お願いします。行かせて下さい」

楊庵と董胡は二人で頭を下げた。

「気持ちは分かるが、大事なことを忘れてないか、董胡？」

董胡は、はっと顔を上げた。

「募集は男子だけだったはずだ」

「それは……」

「治療院の助手として男のなりをしているが、お前は自分が女だと忘れたわけじゃないだろうな」

董胡は、女だということをこの二人以外にずっと隠して暮らしていた。

それは卜殷の弟子になると決めた時から仕方のないことだと思っていたが、女であることを捨てたつもりもなかった。いつか誰かと家庭を持ち子を産み母となる、という選択肢を無意識に残しておきたかったのかもしれない。だが正式な医師の免状を受け取ったなら、もう女に戻ることはできない。

この日、董胡は覚悟を決めた。

「私は生涯男として生きていくつもりです。二人以外に女であることを明かすつもりもありません。だからどうか男として麒麟寮で学ぶことを許してください。お願いします」

そう懇願してようやく麒麟寮への入寮の許可をもらったのが三年前。

治療院の助手を続けながら血の滲《にじ》むような猛勉強をして手に入れた医師の免状なのだ。簡単に諦《あきら》めることなどできない。

そして、そうまでして薬膳《やくぜん》師にこだわる理由が董胡にはあった。

ある方と交わした約束。

いつかその方の専属薬膳師として役に立てる人間になりたい。

その想いが、今日までの董胡を突き動かしていたと言っても過言ではない。

そのためなら、女であることを捨てても悔いはないと思っていた。

◆

「本日より鼓濤様の侍女を申し付けられました、茶民《ちゃみん》と申します！」

「同じく壇々《だんだん》でございます……。お仕度のお手伝いをさせて頂きます」

目の前で挨拶《あいさつ》する二人の女性を見て、現実に引き戻された。

いた。

菫胡の前には、薄紫の着物に黒い長袴《ながばかま》、腰高に赤地の帯を結んだ女性が二人平伏していた。髪は長く下ろし、背中でゆるく結わえている。

（あきらかな甘味好きと……もう一人は……ずいぶん偏った食の好みだな……）

菫胡はいつもの癖で、二人の周りに見える色から食の好みを想像した。

壇々と名乗った方は色白でふっくらしていて、七福の神々に交じっていそうなおっとりした顔立ちだ。一方の茶民と名乗った方は少し色黒で痩《や》せていて、広い額と小さな顎《あご》が小りすのような印象だ。どちらもずいぶん幼く見えた。菫胡よりは年下に違いない。

だが若くとも立派な貴族女性の風貌《ふうぼう》で、平民育ちの自分の侍女などと言われると、頭がくらくらした。

それは侍女たちも同じらしく、顔を上げて男装姿の菫胡を怪訝《けげん》な表情で見つめている。

「まだお受けするとは答えていません。とりあえず一度斗宿に帰りたいのですが。親代わりの卜殷先生にも説明しなければならないし、大事な冬虫夏茸を置いたままで……」

「冬虫夏茸？」

色黒の茶民が聞き慣れない言葉に首を傾げた。

「斗宿原産の貴重な生薬です。茸《きのこ》の先に幼虫が生えている……」

「な!!　よ、幼虫!?」

「なんと恐ろしや……」

菫胡が答えると、二人の侍女は何を言い出すのだ、この野蛮人は、という顔で青ざめた。

「不躾《ぶしつけ》ながら、戯言《ざれごと》はおやめくださいまし。私どもは鼓濤様を姫君らしい装いにするよう仰せつかっております！」

「それより……あの……まことに姫君なのでございますよね？　男性の袍服《ほうふく》を着ていらっしゃいますけど……」

二人とも董胡の要望など聞くつもりはないらしい。

「と、とにかく、卜殷先生にご相談してから決めます。斗宿に帰ります」

董胡は立ち上がり、部屋から出ようとした。

だが、そこには衛兵が二人立っていて、長い木刀を交差させ押し戻された。その後ろからは騒ぎを聞きつけたらしい衛兵がわらわらと湧いて出てくる。

啞然《あぜん》として部屋に戻ると、二人の侍女がため息をつきながら告げた。

「ご命令に従って下さいませ。お館《やかた》様に逆らうことなどできません！」

「鼓濤様が逆らえば……私どもが斬り捨てられます。なんと恐ろしいこと……」

冷ややかに言われて、董胡は従う以外になかった。


「うわっ！　放してくださいっ！　なにをするのですかっ！」

「お静かに！　不躾ながら姫君がそのような大声を出すものではございません。はしたない。我らに敬語を使うのもおやめください。誰かに聞かれたら我らが叱られます！」

「鼓濤さまは我らに任せて、ゆったりと湯につかっていて下さいませ……」

侍女二人は董胡をいきなり湯殿に連れて行き、女嬬《めのわらわ》五人に命じて、寄ってたかって着物を脱がせて湯船に放り込んだ。

「本当に女性でございましたのね。安心致しましたわ！」

「あんな皇帝陛下でも、さすがに男性の后《きさき》を送り込むわけには参りませんものね……」

二人の侍女は女嬬に董胡の肌を磨くよう指示しながら安堵《あんど》のため息をついた。

「あんな皇帝陛下？」

平民育ちの董胡は、皇帝とは天術を司《つかさど》る神のような存在だと聞いていた。

壇々は慌てて口を押さえる。

「いえ……なんでもありませんわ。華蘭《からん》様がそのように言っていらしたのでつい……」

「華蘭様？」

「お館様のお嬢様でございます！　今や伍尭國で一番の権勢を誇ると言われる玄武のお館様が溺愛《できあい》なさっている、今をときめく姫君です。我らはてっきり華蘭様が一の后様になるものと思っておりましたので、鼓濤様が現れてお屋敷中が大慌てでございますわ」

もう一人の侍女、茶民が答えた。

「そのような方がいるなら、私は辞退したいのだけど……」

わざわざ正統な姫君を押しのけて皇帝に嫁ぎたいわけではない。

「まあ！　このような幸運をご辞退するなんて、不躾ながら大馬鹿者ですわ！」

「鼓濤様が辞退されたら、私たちはどうなりますの？　一の后様の侍女なんて大出世をした両親にも知らせましたのに。今更なしになったなんて言えませんわ……」

「そうですわ！　王宮で働けると、思わぬ大抜擢《だいばってき》に鼓濤様付きになった者たちはみんな大喜びしていますのに、そんな恐ろしいことを言わないで下さいませ！」

見ると、董胡の手を磨く女嬬たちも不安そうに聞き耳を立てている。

どうやら董胡の言葉一つで、ここにいる者たちの運命も変わってしまうらしい。

面倒なことになってしまったと董胡は頭を抱えた。

ほんの二日前は、こんなことになろうとは考えもしなかった。

麒麟寮の寮官様から試験の合格を告げられ、免状を受け取りに黒水晶の宮に行くようにと、いきなり輿《こし》に乗せられてしまった。卜殷先生にも、麒麟寮にいる兄弟子の楊庵にも知らせる暇もないままに、二日がかりの旅路の末に連れてこられたのだ。

思い返してみれば妙なことばかりだった。おそらく素性が分かった時には、ここまでの筋書きが出来ていたのだろう。

まだ鼓濤とかいう姫君が自分だとは到底信じられないが、拾われ子であったのは事実のため可能性が無いとは言えない。母だという濤麗なる人に本当にそんなに似ているのだろうか。いや、他人の空似ということもある。やはり何かの間違いだと思いたかった。

「髪は切られたことがないのですわね。良かったですわ！」

「平民は労働の邪魔にならないように短く切ると聞いていましたもの……」

二人の侍女は角髪《みずら》に結っていた董胡の髪をほどき、丁寧に湯をかけながら言った。

平民でも医師を目指すものだけは切らずに角髪に結うことが許されていた。

玄武の地において医師は特別な存在だ。平民であってもいくつか特権があった。

「姫君の髪が寸足らずなんてみすぼらしいことになっては大変ですもの！」

「付け髪を用意せねばならないかと案じていましたので安心致しましたわ……」

二人は董胡の髪を櫛《くし》で梳《す》きながら充分な長さに満足しているようだ。

「え？　髪をおろすの？　いや、待って。困るんだけど。外を歩けなくなるでしょ？」

貴族の姫君の長く垂らした髪では斗宿に帰ることもできない。

「まだそんなことをおっしゃっているのですか？　貴族の姫君が輿にも乗らず外を出歩けるわけがございませんわ！　不躾ながら、往生際が悪うございますよ」

「もう諦めて下さいませ。お館様が決めたことは絶対ですわ。皇帝陛下すら言いなりだと言われていますのに。逆らうことは死を意味します。あぁ……恐ろしい」

「いや、何かの間違いなんだ。亀氏様は他の誰かと間違えてるんだ」

まだ、董胡は間違いが分かって斗宿に帰れるものと思っていた。それよりも男装がばれてしまったことを楊庵と卜殷先生になんと言って弁解しようかと考えていた。

(麒麟寮の寮官様は知っているのだろうか？　二人にこの状況を話しているのだろうか)

麒麟寮に知れ渡ってしまったら、もう男装して医師に戻ることもできない。そんなことばかりを心配していた。

事はもっと深刻なのだと、貴族社会を知らない董胡はまだ気付いてもいなかった。

二、謎の麗人

「お目もじ賜わり恐悦至極に存じます」

董胡は翌日、再び玄武公に拝謁していた。

今日は昨日とうって変わって、貴族の姫君らしい装いをしている。

人生初めての白粉《おしろい》を塗りたくられ、唇には紅をさした。

最初は抵抗したものの、途中からは衣装の重みが増すと共に諦《あきら》めて、侍女たちにされるがままになった。

袿《うちき》という着物を何枚も重ねられ、腰高の帯は息がつまるほど締め付けられた。長い髪は背中に張り付けるように整えられ顔を動かすのも難しい。おまけに長袴《ながばかま》から足先を出すのは無様だと言われ、後ろに長く引きずって歩かねばならない。

拝謁の間に到着するまでに、何度も転びそうになった。

今日は御簾《みす》が半分巻き上げられていて、扇を持ってひれ伏す董胡の姿がよく見えているようだ。董胡からも玄武公の口元がほんの少しだけ垣間見《かいまみ》えた。

「ふむ。昨日は医生の姿であったが、こうして見れば深窓の姫君に見えなくもない。よく化けたものじゃ。さすがに正しい血筋を持つだけのことはあるな」

「…………」

化ける……という言葉に董胡は引っかかりを感じていた。

長年行方知れずで、ようやく出会えた娘にこんな言い方をするものだろうか？

一日経って少しばかり冷静になってみると、父親の愛情というには違和感がある。

どうにも親子の情のようなものを一切感じない。言葉では詫《わ》びだの父の善意だのと言っているが、そこに父親らしい愛情は見当たらない。

だが貴族の親子関係というのはそういうものなのかもしれない。

平民育ちの董胡には判断できないが、訳の分からぬ違和感だけが残る。

「そなたが昨日申しておった免状を用意させた。章景、それへ」

玄武公に言われ、側に座っていた章景が進み出て董胡に漆塗りの小箱を差し出した。

「医術博士の章景の書きしたためた免状と、印章が入っている。医家の中でも最上位の貴族に与える庵治石《あじいし》に彫らせた印章だ。医師としてこれほど誉れなことはあるまい。これにてこれまでの人生に別れを告げるがよい」

「…………」

「まったくお館様の鼓濤様への深い愛情ゆえでございます。貴重な庵治石の印章は、数えるほどの医家の者しか手にすることができません。鼓濤様も感激で言葉も出ぬようでございますな」

章景が取り成すように董胡の代わりに答えた。

念願の免状を手にしたことは嬉《うれ》しいが、医師として働けないなら意味がない。

ふと、左側からくすくすと笑う女性たちの声が聞こえた。

昨日は襖《ふすま》で閉じられていたが、今日は襖が取り払われ鴨居から御簾が垂らされている。

どうやら御簾の向こうに董胡の拝謁を見ている人々がいるようだ。

「まあ、男装をして麒麟寮に？」

「田舎の治療院の仕事をしていたのですって」

「信じられないですわ。なんて野蛮な……」

「卑しい平民育ちだからできることですわね」

「よく一日でこれほど化けられましたこと」

「すぐに襤褸《ぼろ》がでますわよ。ほほほ」

こそこそと話す声が聞こえてくる。おそらく玄武公の妻や娘たちだろう。

玄武の姫君たちの間では、董胡はすっかり話題の人になっていて見物にきたらしい。

この姫君たちと仲良くやっていけそうな気がまったくしない。

免状ももらったことだし、ここは一刻も早く自分が鼓濤などという姫君ではないと証明して斗宿に帰ろう。それが董胡の結論だった。

「恐れながら申し上げます。やはり一晩考えてみても私がお捜しの姫君だとは到底信じられないのでございます。つきましては、私にそっくりだという濤麗様にお会いできますでしょうか？　本当に似ているのか、今一度お確かめ頂きたくお願い申し上げます」

董胡が平伏して告げると、御簾の中で姫君たちが息を呑《の》んだ気配がして、空気がぴりりと凍り付いた。そして「それは出来ぬ！」と嫌悪を込めたような玄武公の声が響いた。

慌てて章景が取り成す。

「鼓濤様。残念ながら濤麗様はとうの昔にお亡くなりになられまして、お連れすることは出来ないのでございます。ですが、この章景も濤麗様のお姿を拝見したことがございます。今の鼓濤様と瓜二《うりふた》つでございます。間違いございません」

どうやら母と言われる人はすでに鬼籍に入っているらしい。

それならば、と董胡は別の角度から申し立てることにした。

「されど私は卜殷先生から拾われた日のことを聞いております。村はずれの土手の下に粗末な産着で打ち捨てられていたそうでございます。決して高貴な姫君を疑うような装いではなかったようでございます」

そもそも、貴族らしき赤子が捨てられていたら、あの卜殷先生なら褒美欲しさに役所に届けるだろう。このまま放置すれば飢えて死ぬしかないと思ったから、仕方なく連れ帰ったのだと言っていた。

「もう一度お調べ頂ければ人違いだと分かるはずでございます。ですから私は……」

「そなた、何も分かっておらぬようじゃな」

突然、玄武公の冷え冷えとした声が董胡の言葉を遮った。

「もしもそなたが鼓濤でないのだとすれば、無事にここから帰ることが出来ると思うておるのか？　女の身で男と偽り皇帝陛下の麒麟寮に入り込み、あろうことか医師の試験まで受けて免状を詐取しようとした狼藉者《ろうぜき》であるぞ。無罪放免になると思うたか！」

董胡は、はっと御簾の向こうの玄武公を見上げた。

「優しくしておれば付けあがりおって。儂《わし》に口答えばかりする可愛げのないところも濤麗にそっくりじゃ！　いらいらするわ！」

御簾に玄武公が手にしていた笏《しゃく》がバシッと叩《たた》きつけられて、ほんの一瞬、目障りな虫けらでも見下ろすような深い皺《しわ》の刻まれた玄武公の顔が見えた。

広間はしんと静まり、章景が青ざめて恐縮している中、玄武公は続けた。

「卜殷が拾ったと？　ははは。そんな戯言《ざれごと》を信じておるのか？」

「戯言？」

董胡は呆然《ぼうぜん》としたまま聞き返した。

「そなたは卜殷に騙《だま》されておったのじゃ。卜殷は捨て子を拾ったのではない。赤子のそなたを奪い連れ去ったのじゃ」

「ま、まさか……。卜殷先生がそんなことをするはずが……」

「だから何も分かっておらぬと言うておる。卜殷は昔、儂の傘下の診療所で働く医師じゃった。そなたが攫《さら》われた日と前後して消えたのじゃ。だが酒癖の悪い気まぐれな男であったゆえ、そなたの事件とは無関係じゃとみんな思うておった。もっと怪しい男が他におったゆえにな。盲点じゃった」

「では……私は本当に……」

急に鼓濤という名が現実味を帯びて董胡に迫ってきた。

「その証拠に、そなたを呼び寄せると同時に卜殷を捕らえようとしたが、すでに危険を察知して逃げた後じゃった。斗宿の治療院はすでにもぬけの殻じゃ」

「そんな……」

「楊庵と言うたか。そなたと共に麒麟寮に通う医生は見捨てられ置き去りじゃ。卜殷と連絡を取り合うかもしれぬと泳がせておる。じゃが、そなたの返答次第では、その者の命もどうなることか分からぬな」

「な！　楊庵は何も知りません！　関係ありません！」

「はてさて、それはどうじゃろうかな。拷問でもして吐かせてみぬことには分からぬ」

「や、やめて下さい！　そんなこと……」

「ならば大人しく儂の言う通りにすることじゃ。そなたが素直に従えば、楊庵とやらに用はない。卜殷もこのまま見逃してやってもいい。さて、どうする？　鼓濤よ」

董胡は自分が甘い考えでいたことを思い知った。

侍女たちが言った通り、皇帝さえも言いなりにする玄武公に董胡ごとき若年の平民が逆らえるはずがない。もはや斗宿に戻って医師になる道など、この宮に連れてこられた瞬間から閉ざされていた。自分が鼓濤であってもなくても、もはや今までの生活に戻ることなど出来ないのだ。

愕然《がくぜん》と現実を知った董胡は、章景に促されるままに答えるしかなかった。

「……仰せの通りに致します」

◆

「お館《やかた》様に口答えなさったのですか？　不躾《ぶしつけ》ながら、なんと愚かなことを！」

「恐ろしや。華蘭様でさえ口答えなどなさいませんのに……」

「使用人であったなら、その場で斬り捨てられていましたわ！」

「理不尽に殺された使用人の話なら数えきれないほどございますわ」

部屋に戻ると、侍女二人は身震いしながらまくしたてた。

逆らえば斬り捨てられるという話は、侍女たちが大げさに言っているのだと思っていたが、どうやらよくあることらしい。董胡も少し貴族の権力というものが分かってきた。

「だからもう諦《あきら》めて下さいと言ったではありませんか！」

「皇帝陛下のお后《きさき》になることが、どうしてそんなに不満なのですか？」

「これほどありがたいお話を断ろうとなさるなんて、不躾ながら、たわけ者ですわ！」

「本当に。とんでもない姫君の侍女になってしまいましたわ。恐ろしや」

茶民はまくし立て、壇々は眩暈《めまい》を起こしたのか頭を抱えている。

どうやら茶民は「不躾ながら」と前置きして本当に不躾なことを言うのが口癖で、壇々は大して恐ろしくなくても「恐ろしや」と言うのが口癖らしい。

二人の侍女に定石通りの叱責《しっせき》を受けながらも、董胡はまだ先ほど告げられたことが信じられなくて、呆然としたままだった。

（卜殷先生が私を攫った？　ずっと嘘をついていた？　そんなまさか……）

確かに酒癖が悪くいいかげんなところはあったが、医師としての知識は確かで、治療費を払えない貧しい患者が来ても、文句を言いながらもきちんと薬を出すような正義感のある師匠だと尊敬していた。それなのに、ずっと騙していたなんて……。

それに玄武公のあの豹変《ひょうへん》はなんだろう。

娘への愛情どころか、弱みを握った者への脅迫だった。母と言われる濤麗という姫君に対しても、愛情よりも憎しみを持っているように感じた。

その娘の董胡を、脅してまで皇帝の后にしたいのはなぜなのか？

「玄武公は華蘭様を可愛がっておられるの？」

董胡は二人の侍女に尋ねた。

「ええ。華蘭様は正妻である麒麟の奥様との間にできたお子で、それはもう生まれた時から大切に育てておられましたわ」

「側室腹のご子息二人よりも大事にしておられますわよね……」

麒麟の奥様とは、つまり皇帝の血筋の姫君ということだ。

伍尭國は皇帝の住む麒麟の都を中央に置き、北に玄武、南に朱雀《すざく》、東に青龍、西に白《びゃっ》虎《こ》の五つの都を持つ五行思想の国だ。

東西南北の地を治める領主である四公は、守護石を崇奉し独自の術を司《つかさど》る。すなわち玄武は医術、朱雀は芸術、青龍は武術、白虎は商術を中心に栄えてきた。

そしてその四術の均衡を保つのが天術を司る皇帝の役割であった。古来、皇帝の血筋である麒麟の者は、多少なりとも天の御力《みちから》を授かると言われている。

神通力という呼び方をすることもあるが、それがどういった力なのか庶民には知らされていない。ただし皇帝陛下については、未来を読む先読みの力があることだけは広く知れ渡っていて、それゆえに国民は神に等しき尊崇の思いを帝《みかど》に抱いていた。

そんな麒麟の血を受け継ぐ姫君なら、玄武公にとっても格別の存在なのだろう。

「では、なぜその華蘭様を皇帝の后にしないの？」

「それは我々も驚いたのですわ。それに華蘭様付きの侍女の中には私と壇々よりもずっと身分の高い姫君もいるのに、私たちが鼓濤様の侍女に抜擢《ばってき》されたのも驚きましたし」

「華蘭様の侍女でいたかったのかもしれませんけど……帝の后様付きの私たちの方が立場が上になってしまいますのにね。あの気位の高い人たちがよく納得されましたわ」

「そうよ！　いつも偉そうに意地悪な命令ばかりされたけれど、今では私たちの方が立場は上なのよ。今度会ったら今までの仕返しをしてやるんだから」

「まあ、茶民ったら、そんな恐ろしいことを……。私はもう会いたくないわ」

二人はどうやら華蘭の侍女たちにいじめられていたらしい。そして謁見の間で御簾《みす》の向こうからあざ笑っていたのは、たぶん華蘭と侍女たちなのだろうと思い当たった。

「そうまでして、私を皇帝の后に担ぎ上げるのはなぜだろう？」

どう考えてもおかしい。

「皇帝陛下の一の后は、四公それぞれの一番身分の高い姫君と決まっているからですわ」

皇帝陛下の即位と共に、玄武、朱雀、青龍、白虎の四つの宮からそれぞれ一の姫が輿《こし》入《い》れするというのが代々の習わしらしい。

「本当にそれだけの理由で？　突然あらわれた私を一の后にするの？」

董胡が問い詰めると、二人の侍女は顔を見合わせてから観念したように、「我々が話したと言わないでくださいませね」と言って口を開いた。

「新しい皇帝陛下は不躾ながら……その……噂ではどうしようもないうつけだとか」

「うつけ？」

うつけとは、平民相手でも失礼なほどの悪口だ。そういえば昨日も「あんな皇帝」とか言っていたっけと思い出した。あんなとは、そういうことかと納得した。

「わがままで癇癪《かんしゃく》もちで、気に入らないと平気で人を斬りつけ、皇太子時代のお付きの宮女の中にも命を落とした者がずいぶんいるとか……ああ恐ろしい……」

「き、宮女を斬り捨てるの？」

平民の間では、皇帝となる方は神のように寛大で慈悲深い特別な人だと聞かされているのに。

「それに……お噂ですけど、華蘭様は皇帝の弟宮様と恋仲だとか……」

「弟宮様？」

「弟宮様の母君は先帝の玄武の一の后様で、お館様の妹君であらせられます。そのご縁で幼い頃からお館様に連れられて王宮でお会いになっていたそうですわ」

「弟宮様の方は、聡明《そうめい》でお優しくて素晴らしいお方のようです。ここだけの話ですけれど、貴族の間では弟宮様の方が皇帝に相応《ふさわ》しいと口を揃えて申しておりますわ……」

「……ということは……」

「ええ。華蘭様は弟宮様の許《もと》に嫁ぎたいのだと思いますわ」

「お館様は、華蘭様の恋心をわかって、行方知れずの鼓濤様を捜していらしたのですわ」

「立后ぎりぎりで見つかって、華蘭様はほっとしていることでしょう」

つまり嫌な皇帝への替え玉にするために董胡は呼び寄せられたということらしい。

ようやく少し分かってきた。

「不躾ながら、もしや鼓濤様もどなたか心に決めた方がおいでなのですか？」

「まあ……。だから帝のお后様だなんてありがたいお話を断ろうとなさるのですか？」

二人に尋ねられて、董胡はどきりとした。

「図星ですの？　なんということでしょう！」

「それはどんな方ですの？」

だが董胡は首を振った。

「そんなんじゃないよ。そういうことではなく……ただ私はあの方を……」

そう。五年前に出会ったあの方に対するこの想いは、恋などではない。

それよりももっと董胡にとっては美しく尊いものだった。

あの方に出会わなければ、危険をおかして男装してまで麒麟寮に通ったり、正式な医師の免状を取ろうなどと思ったりしなかっただろう。それまでも卜殷に言われて男装はしていたが、無資格の治療院の助手とは訳が違う。国が発行する免状を受けるのだ。ばれれば死罪になるほどのことだった。それでも自分の気持ちを止められなかった。

もしもあの方に出会っていなければ、今頃董胡は薬膳饅頭《やくぜんまんじゅう》作りを趣味にして、静かに暮らしていたかもしれない。あるいは、村の誰かと結婚して子を産み、母となるような人生もあったのかもしれない。

だが、董胡は出会ってしまった。

あの瞬間から、もう董胡の進むべき道は他に見えなくなってしまった。

運命に絡めとられるように、董胡にはこの一本道しか選べなくなったような気がする。

何か大きな力が働いていたのか、ただ単に董胡の想いがそうさせたのか……。

今では董胡にもよく分からない。

◆

五年前、斗宿の治療院。

十二歳になったばかりの菫胡は、治療院の助手としての仕事にも慣れて、薬剤の管理と調合を一手に任されるようになっていた。医家の者が着る袍《ほう》も菫胡用にあつらえてもらい、少し大人になったような誇らしさに胸を躍らせていた頃だった。

夕餉《ゆうげ》の後、前庭に干した薬草を取り入れるため、楊庵と共に外に出た。すると薄闇の中をこちらに歩いてくる人影が見えた。こんな夜に患者だろうかと見ていると、治療院の門の前でどさりと倒れた。

「楊庵！　人が倒れてる！」

菫胡はすぐさま駆け寄り、門を開いて倒れた人影を確認した。そして「あっ！」と叫んだ。人ではないものを見つけてしまったのだと思った。

艶《つや》のある黒髪は角髪《みずら》に結い、一部が長く背に垂れて、光沢のある真っ白な小葵《こあおい》文様の袍を着ている。そして貴人が身に着けると聞く帔帛《ひはく》という装飾用の長い絹布が腰から腕に巻き付いていた。薄布に金糸で施された飛龍《ひりゅう》の刺繍《ししゅう》が、暗がりの中でも輝いて浮かんでいる。

何より顔の造作の見事さに、菫胡はしばし見惚《みと》れてしまった。

これは天人が雲を踏み外して落ちてきたに違いないと本気で思った。

「大変だ、部屋に運ぼう。なにぼーっとしてるんだよ、董胡！　そっち持って！」

楊庵に名前を呼ばれて、ようやく我に返った。そして美しい貴人を二人で壊れ物を運ぶようにして診察台に連れていった。


「………」

酔っぱらって寝ていた卜殷だったが、董胡にたたき起こされて脈をみている。

細いながらも息があることと、怪我をしている様子はないのを確認した。

「大きな怪我はないが、ひどく衰弱しているな」

雑木林の中でも駆け回ったのか、手足にたくさんの擦傷《さっしょう》がある。

董胡は湿った布で傷口を丁寧に拭《ふ》いて、卜殷特製の紫根《しこん》の塗り薬をたっぷりのせた。

紫根と当帰《とうき》を豚脂で煎《せん》じた塗り薬は、傷跡を残さずに治す卜殷の秘伝薬だ。

「何かの病《やまい》でしょうか？」

楊庵は青ざめた顔色を見て尋ねた。

「うむ。特にどこかが悪いようには思えんが、目を覚ましてこれまでの経過を聞かぬことには判断できないな。どうしたものか」

明らかな病因が見当たらないとなれば問診が重要だが、意識がなければお手上げだった。こういう時に頼れるのは董胡の妙な能力だけだ。

「董胡。何か分かるか？」

卜殷は熱心に薬を塗り続けている董胡に尋ねた。

「それが……気が落ちているのか色が見えなくて……」

董胡の目には、どんな人も必ず五色を放って見えるはずだった。だが、この麗人はなんの色も放っていない。こういう人を何度か目にしたことがある。それは……。

死の間際にいる人。あるいは命の尽きた人。

（それともやっぱり天人だから？）

そんな訳はないと分かっていても、死に逝くのだと認めたくない。

この美しい人をなんとしても助けたかった。

この危険な状態では処方を間違えば死に直結する。何か似た症例はなかっただろうか。

目まぐるしく記憶に残るこれまでの症例を思い返して、はっと気づいた。

「拒食《きょじき》……」

「拒食？」

卜殷と楊庵が董胡を見つめた。

「はい。ずいぶん前ですが一度だけ生きながら色の見えない子供がいました。ひどく親に折檻《せっかん》され、気うつから食べることを拒絶し、欲する味すらも映さなくなっていました」

「そういえば、そんな患者がいたな」

卜殷も思い出した。あの頃は董胡もまだ幼く、食を拒む子供を救うことが出来なかった。だが、あの子供と同じようにこの麗人を死なせるわけにはいかない。

「うむ。確かに気血水すべてが落ちているこの感じは、栄養不足かもしれないな。ともかく虚証の煎じ薬、小建中湯《しょうけんちゅうとう》を飲ませてみるか。まずは胃腑《いふ》を整え、食事ができる状態に戻すしかあるまい」

「はい。分かりました」

菫胡は薬棚から必要な薬草を取り出し、すぐさま煎じ始めた。

「楊庵は鍼《はり》を打て。食欲増進のツボを刺激してみよう」

「はい」

楊庵は鍼箱を持ってきて、足ツボを中心に鍼を打った。


麗人が目覚めたのは翌日の昼過ぎだった。

卜殿と楊庵が治療院で患者を診ている合間をぬって、菫胡が匙《さじ》で薬湯を飲ませていた時だった。

手入れの行き届いたきめの細かい肌は、貴人の生まれに違いない。年は……十五歳の楊庵と同じぐらいだろうか。楊庵より痩《や》せているが意外にも筋肉質な腕をしている。これほど栄養が不足しているというのに質のいい筋肉があるのが不思議だった。

（青龍人だろうか？）

生まれながらに筋肉質な体ならば、拒食でこの筋肉もあり得るのかもしれない。

（でもこの美しい顔立ちは朱雀の人かもしれないな）

王都の南にあるという芸術の都・朱雀は、遊郭や芝居小屋などがたくさんあると聞く。朱雀人の中には天人のように美しい人もいるらしい。

（それとも異国の血が混じった白虎の混血かもしれない）

王都の西にある白虎は『商術の都』と呼ばれ、伍尭國の西に広がる異国との取引が多く、青い目をした混血がいるらしい。

そんなことを考えながら、麗人の口に少しずつ薬湯を流し込んでいた。意識がなくとも水分すら拒絶するのか、ほとんどが口端から流れてしまうが、わずかに喉《のど》が上下して胃腑に届いているようだ。

もう少しだけ飲ませようと椀《わん》に匙を入れたところで、手首をつかまれた。

「わっ！」

驚いて薬湯をこぼしそうになった。

見ると、麗人が目を開けて董胡を睨《にら》んでいた。

「そなたは何者だ！」

透き通った声音だが、ひどく険を含んでいた。

「あの……治療院の者でございます。家の前に倒れていたので……」

「…………」

麗人は眉《まゆ》を寄せ、昨晩のことを思い出しているようだった。

「あの……もう少しお薬を……」「いらぬ！」

かぶせるように断られた。

「ですがずいぶん気血水が落ちていらっしゃいます。そのままでは起き上がることも出来ないはずです」

「……………」

麗人は起き上がろうとしたようだが、董胡の言葉通り、出来なかったようだ。

「では粥《かゆ》をお召し上がりになりますか？　作ってまいりますが……」「いらぬ！」

やはりかぶせるように断られた。

この拒絶ぶりは、診たて通り拒食のようだ。しかも寝ている時は、慈愛に満ちた天人のように見えたのに、目を開けると悪童のように反抗的で寄り付きがたい印象だ。

「私はどれほど眠っていた？　答えよ」

助けられたくせに横柄で感謝の言葉もない。董胡はため息をついて答えた。

「倒れていたのは昨晩のことですので半日と少しでしょうか」

「……………」

答えてやったのに無言のまま天井を睨みつけている。

「あの、お名前をお聞きしてもよろしいでしょうか？　どちらのご子息様でしょう」

董胡が尋ねると、顔をこちらに向け怪しむように眼を細めた。

「なにゆえ私の正体を知りたがる？　何を謀《はか》っているのだ」

「い、いえ。謀《はかりごと》などしておりません。ご家族が心配されているのではと思っただけです」

見た目に反して嫌な人だと思った。だが麗人の次の言葉で少しだけ思い直す。

「心配する家族など……おらぬ」

なにか事情があるようだった。


それからが大変だった。

卜殷が診察しようとしても、楊庵が鍼を打とうとしても全部拒否される。食事だけではなくすべてに拒《きょ》を表明している。

そのくせ起き上がることも出来ず、出ていく気配もない。どうしたいんだと、卜殷も楊庵も呆《あき》れて診察に戻っていった。菫胡も諦《あきら》めて土間に下り、夕餉《ゆうげ》の準備を始めた。

卜殷と楊庵にはいつものお気に入り饅頭《まんじゅう》の餡《あん》を練り、わがままな麗人にも何か作ってやるかと考えた。そしてとっておきの生薬を思い出した。

(貴重な材料だけど、少しでも食べることが出来れば効果は絶大なはずだ)

菫胡は自分用の薬草籠《やくそうかご》から生薬を取り出し、気味の悪い形態のそれを見てにんまりと微笑んだ。

冬虫夏茸。

いよいよ実際に使う時がきたと意気込んだ。

(ちょっと惜しいけど、わずかな量でも気を上げ胃腸を活性化してくれる)

少しでも食欲が戻れば、欲する味の色が見えてくるはずだ。ほんの僅《わず》かな色でも見えれば、このわがままな麗人が美味《おい》しいと感じるものを作ってみせる。そして欲する味が分かれば、どの臓腑《ぞうふ》が弱っているかも診えてくる。

整えた生薬を重湯《おもゆ》に混ぜ込んだ。

「病者様。元気の出る生薬を入れて重湯を作りました。召し上がって下さい」

卜殷と楊庵が来る前に先に食べさせることにした。

天井を睨んで寝そべったままの麗人のそばに、椀を持って座った。

「いらぬと言ってるだろう！」

相変わらず不機嫌に返された。

「ですがこのままでは起き上がることもできずに、この粗末な小屋で死ぬことになりますよ。いいのですか？」

「……。死ぬのはいいが、粗末な小屋は嫌だ」

いちいち失礼な人だ。

「だったら一口だけでも食べて下さい。貧乏人にはなかなか手に入らない貴重な薬剤を混ぜていいます。苦い薬ではないので口当たりはいいはずですよ」

「……。ではまずお前が食べてみよ」

「え？」

「毒見だ。なにを驚いている」

「毒見……」

この貧乏治療院で毒見が必要な貴人に会ったことはなかった。

董胡は仕方なく匙ですくって自分の手の平にのせ、ぱくりと頬張った。

味はつけていないので、ほとんど無味だ。

「これでいいですか？　では次は病者様が食べて下さい」

「食べるとは言ってない」

「………」

董胡は頭の中のなにか大事な神線がぷつりと音を立てて切れた気がした。

そのまま立ち上がると、麗人の胸の上に馬乗りなった。

「わっ！　何をするっ！　どかぬか！　無礼者っ！」

「無礼なのはどっちですか！　食べるまでどきませんよ！　さあ、口を開けて！」

暴れる麗人の口に無理やり重湯を流しこんだ。そのまま口を押さえつけて閉じさせる。

多少もがいても、弱っているので大した抵抗にはならない。

「うぐっ。やめ……。ごほっ。なんて乱暴な……」

だが文句を言いながらもなんとか飲み込んだようだ。

董胡は立ち上がり病人の脇に座り直した。

「お前のような乱暴者は斬首《ざんしゅ》だ！　この私によくもこんな……」

「戯言《ざれごと》は起き上がれるようになってから言って下さい。さあ、もうひと匙食べて下さい」

「ふんっ！」

顔をそむける麗人を見て、董胡は再び立ち上がった。

「ではもう一度押さえつけて食べさせますか」

「！」

麗人は青ざめた顔で、仁王立ちする董胡を見上げた。

「ま、待て。分かった。食べる。食べればいいのだろう」

高貴な麗人は余程馬乗りになられたのが嫌だったのか、素直に口を開けた。

おそらくこれまでの人生で、こんな失礼な扱いを受けたことなど無かったのだろう。

診察を終えて部屋に入ってきた卜殷と楊庵が、面白そうに見ていた。


三日が過ぎた。

少しずつ重湯の量が増えて、病人はなんとか起き上がれるようになっていた。

だが董胡の目に色は見えてこない。

食べてはいるが、無理やり喉の奥に流し込んでいるようだ。

食べたいという気持ちが出てくる気配はなかった。

(最後の冬虫夏茸だ。あんなに貯め込んでいたのにな……)

薬草籠の中は空になった。口の悪さの割に、病人は思いのほか重体だった。

無理やり食べさせなかったら、あの日死んでいたかもしれない。

(冬虫夏茸はまた次の梅雨のあとに探せばいいか)

董胡の唯一の財産だったが、医家として一人の命を救えたなら惜しくはない。

「さあ、これが最後の重湯ですからね。大事に食べて下さい、病者様」

董胡はいつものように病人の脇に座って匙《さじ》で重湯をすくった。

病人はなんとか寝床の上に起き上がって座している。

「病者、病者と貧相な呼び方をやめぬか」

「されどお名前を教えて下さらないのだから、病者様としか呼べません」

「…………」

三日が過ぎても正体を明かすつもりはないらしい。態度の悪さも相変わらずだ。

「さあ、簡単に手に入らぬような薬剤が入っているのですから、もっと感謝して下さい」

「その薬剤とは一体なんだ？　申してみよ」

「医家でない方がご存じか分かりませんが、冬虫夏茸という生薬です」

「冬虫夏茸？」

「そうです。蛾の幼虫から茸《きのこ》が生えている不思議な生薬なんですよ」

「な！」

「さあ、口を開けて」

董胡の匙を持つ手が、突然がしっと摑《つか》まれた。

「！　何をなさいますか」

「そなた。よくもこの私に蛾の幼虫などを食べさせてくれたな！」

「滋養にいい万能薬でございます。私の全財産だったんですからね」

「虫が全財産だと？　嘘を申すな。このほら吹きめ！」

「ほら吹きですって？　また馬乗りになってもらいたいみたいですね」

しかし立ち上がろうとした董胡は、今度は反対の手で肩から押さえつけられた。

「！」

「ふふふ。この日を待っていたんだ。この私にこれほどの屈辱を与えたそなたを屈服させるためだけに我慢して食べていたが、もう限界だ。これ以上の無礼は許せぬ」

「なんて恩知らずなんですか！　私の全財産を食い尽くしておいて！」

「食べたいとは一言も言ってない！　こんなもの好きで食らうか！」

そう言うと董胡が手に持っていた椀《わん》と匙を払いのけた。

椀が転がり、最後の重湯が床に飛び散る。

「私の最後の冬虫夏茸が……」

暗然とする董胡は、そのまま押し倒され床に組み伏せられた。

「ふん！　体力さえ戻れば、お前ごとき童子《わらべご》にしてやられる私ではない」

「その体力を戻したのは私の貴重な冬虫夏茸ではないですか！」

「そんなこと頼んではいない！　よくも私に無礼を働いたな。どうしてくれようか」

両腕を押さえつけられ、董胡の目の前には勝ち誇ったように微笑む美しい顔があった。拒食の病人と安心していたが、董胡が最初思った通り、細身の割に質のいい筋肉を持っている。貴人らしからぬ腕力で董胡の腕を締め付け、まったく身動きがとれない。

「は、放してください！」

怖い、と思った。

男装していても、こんな場面では女としての恐怖を感じてしまう。

そんなつもりはないだろうが、女性相手であればかなりひどい狼藉《ろうぜき》だ。

だがもちろんそんなことを知らない彼は、畳みかけるように董胡を追い詰めた。

「お前のような生意気な子供には身の程を教えてやらねばな」

「！」

組み伏せられた手の下で、董胡は恐怖と共にひどく傷ついていた。

大事に集めていた冬虫夏茸を使いきっても、この人を救いたいと思った。

それなのにこんな風に思われていたなんて……。こんな理不尽なことはない。

こんな人に宝物の冬虫夏茸を使うんじゃなかったと、愚かな自分に腹が立った。悔しさのあまり、睨《にら》みつけた目からぽろりと涙がこぼれ落ちる。

「!!」

その董胡の涙を見て、彼がはっと顔色を変えたように見えた。

「私はあなたを助けたかっただけなのに……」

董胡の呟《つぶや》きに、言葉を失《な》くしたように目を見開いている。

その目は、初めて董胡を見たような驚きを宿していた。

ずっと心ここにあらずといった目をしていた彼の瞳《ひとみ》に、初めて一人の人間としての董胡が映ったように感じた。


そこにちょうど部屋に入ってきた楊庵が、驚いて病者を突き飛ばした。

彼は抵抗しないまま、あっけなく横に転がる。

「大丈夫か、董胡？　あーあ、重湯も散らばって、なんてことすんだよ、お前！」

楊庵はこの場の惨状に一人で腹を立てている。

だが董胡と病者はお互いにむっつりと黙り込んでいた。

「おい、謝れよ。せっかく董胡が作ってくれた重湯を無駄にしやがって。あんたみたいな金持ちのお坊ちゃんには分からねえだろうが、この貧乏治療院では居候《いそうろう》一人食わすのだって大変なんだからな！　そんなに元気なら出ていけよ！」

「…………」

彼は素直に出て行こうとしたようだ。

だが立ち上がろうとしても足元がおぼつかない。

僅《わず》かな重湯だけでは、この乱闘で栄養切れのようだった。

「もういいです。その体じゃ門を出る前にまた倒れるだけですから」

董胡は散らばった重湯を片付けながら、むっつりと言った。

「ちっ。面倒なやつだなあ。ほら、大人しく寝てろ」

楊庵は仕方なく、膝《ひざ》をついたまま立ち上がれない病人を、布団の中に寝かせて囁《ささや》いた。

「知らないぞ、お前。董胡を怒らせたら怖いんだからな。冬虫夏茸は董胡の一番の宝物だったたんだ。お前、綺麗《きれい》な顔してひどいことするよな」

「…………」

病者はどこか呆然《ぼうぜん》とした様子で、片付ける董胡をじっと見つめていた。


「どうぞ」

卜殷と楊庵の夕餉《ゆうげ》を出した後で、董胡は食べ損ねた病人のために粥《かゆ》を作った。

「ずいぶんお元気になられたようなので粥にしました。これはあなたに元気になって欲しいから作ったのではありません。しっかり食べて、とっとと出て行って欲しいからです。だからちゃんと食べて歩けるようになって下さい」

「…………」

彼は素直に寝床の上に起き上がった。そして粥の椀を受け取り、立ち去ろうとした董胡に何かを呟いた。

「レイシ……」

「え？」

董胡は怪訝《けげん》な顔で聞き返した。

「レイシという。私の名だ」

「レイシ……さま？」

董胡は半分浮かしていた腰を、もう一度下ろした。

「どのような字ですか？」

「字は教えられぬ」

「……………」

ちょっと気を許すとすぐに拒絶される。でも少し嬉《うれ》しい。

「私は董胡と言います」

「知っている。もう一人のうるさい男が何度も呼んでいた」

「彼は楊庵です。それからここの主《あるじ》は卜殷先生です」

「医家なのか？　医師はみな金持ちだと思っていたが」

「そりゃあ有名な大家の医師も玄武にはたくさんいらっしゃいますが、ここは都からも遠い斗宿の田舎村ですから。治療院に来るのも農民や貧民ばかりです」

「斗宿……」

聞き覚えもない村らしい。

そして粥を一口食べて「お前は料理が下手だな」と言ったので、董胡はむっとして立ち去った。

「まったくさ……。失礼なんだよね、あの人。味に興味もない拒食だから無味の粥にしたんじゃないか。それを料理が下手なんて。そんなこと一度だって言われたことないんだから」

料理が特技だと思っていただけに腹が立った。

ブツブツと文句を言いながら饅頭《まんじゅう》の餡《あん》を練る。

「ふんだ。今日の饅頭には激辛の乾姜《かんきょう》をたっぷり混ぜてやる」

「うひゃあ。これだから董胡を怒らせると怖いんだよな」

楊庵が後ろからのぞいて肩をすくめた。

「別に体に悪いもんじゃないよ。弱った胃の腑《ふ》を温めてくれるんだから」

「でもあんまり怒らせて、どこかの偉い家の子息だったらどうする？　本当に斬首《ざんしゅ》になるかもしれないぞ」

楊庵は不安げに言った。

「何か分かったの？」

「卜殷先生は、あの服装と話しぶりからすると宮に住まわれている貴人じゃないかって言うんだよな」

「宮？　玄武の黒水晶の宮ってこと？」

董胡は驚いた。こんな田舎村の子供が一生会うこともない雲の上の存在だった。

「ま、まさか……亀氏様のご子息？」

「いや、それが亀氏様のご子息に『レイシ』という名の者はいないって卜殷先生が言うんだ。だからもしかしたら他の領地のご子息かもしれない」

「他の領地って青龍の蒼玉《そうぎょく》の宮とか？」

伍尭國には東西南北に四つの宮があるが、董胡は他の宮のことはよく知らない。

「うん。でも青龍人にしては華奢《きゃしゃ》な気もするけどな」

「拒食だからかもしれないよ。弱くて武勲をたてられなくて逃げてきたとか？」

「でもここまで一人で走って来れるかなあ。青龍はさすがに遠いよ」

結局何も分からないまま、夕餉の時間になった。

「今日はいよいよお元気そうですので、蒸し饅頭にしました。どうぞ」

董胡は乾姜をたっぷり混ぜ込んだ饅頭と汁椀《しるわん》をレイシに差し出した。

「饅頭……」

「薬膳《やくぜん》饅頭です。滋養にいい生薬を混ぜ込んでいます」

レイシは不安そうな顔をしながら、饅頭を一口かじった。

「うぐっ。かはっ。からっ！　ごほっ、ごほっ」

あまりの辛さにむせたようだ。ちょっと楽しくなった。

「乾姜という臓腑を温める貴重な生薬が入っています。ここを出ていきたければ、全部食べて早く元気になって下さい。全部食べなかったら許しませんから」

「…………」

レイシは涙目になりながら全部で三個ある蒸し饅頭を睨《にら》んでいる。董胡はちょっと意地悪だったかなと思いつつ、自分達の夕餉を作るため土間に戻っていった。

しばらくして部屋をのぞいてみると、時々むせながらもぽそぽそと食べている。

(さすがに可哀相だったかな……)

いくらなんでも乾姜を入れ過ぎたかもしれない。

どうせ食に興味がないのだから何を食べても美味《おい》しいとは言わない。それなら薬を丸めた薬丸のような饅頭を作ってやれと思ったのだが、薬膳師を目指す者としては失格だ。

もういいからと饅頭を下げようと近付いた董胡だったが、その目に信じられないものが映った。

「レイシ様……。色が……」

「色?」

ほんのうっすらとだが、色が見える。青い。

青だけを出す人は珍しい。青は酸味を好む色だ。酸味を欲するのは肝の臓。

つまり肝の臓が過剰な負担を受けていて、栄養を欲しているということになる。

他の色がまったくない中で青だけを出す人を何人か見たことがある。それは……。

「毒……」

レイシは、はっと菫胡を見た。

「最近……毒を口にしたことがありますか？」

「……」

無言で視線をそらしたのが答えだった。

「いつですか？　どうして？　間違えて毒きのこを食べてしまったのですか？」

今まで見た患者はうっかり毒きのこを食べた農民ばかりだった。だが貴人らしきご子息の食卓に間違って毒きのこがのることなんてあるだろうか？

考えられるのは……。

「毒など数え切れぬほど口にしている。ある時は朝餉《あさげ》に、ある時は飲茶《やむちゃ》菓子に、ある時は薬と偽って」

「そんな……」

「死にかけたことは二度ある。毒見の女は何人死んだか分からない。食べ物とは、私にとっては恐怖の対象でしかない。摂《と》らねば死ぬ。摂っても死ぬ」

「そんなこと……」

この貴人が拒食になった訳が分かった。

急に自分のしたことが恥ずかしくなった。レイシの脇に正座して深く頭を下げた。

「ごめんなさい、レイシ様。わざと意地悪をして辛い饅頭を作りました」

食べることに恐怖を感じている人にこんな意地悪をするなんて最低だ。

「これは毒なのか？」

レイシは驚くこともなく淡々と尋ねた。

「い、いえ、まさか！　体にはとてもいいです。でも舌は毒のように痺《しび》れる辛さかもしれません。こんな意地悪は不謹慎でした。ごめんなさい」

「謝る必要はない。毒は、疑いもせずに食らった方も悪い。そう教えられてきた」

そう呟《つぶや》くレイシの横顔はひどく淋《さび》しそうだった。

「この辛い饅頭に毒が入っていると疑わなかったのですか？」

なぜそんな教育を受けてきた人が、この辛い饅頭を食べたのだろうか。

「そなたの言葉を信じてみようと思った。それだけだ。それでやはり毒ならば、この粗末な小屋で死ぬのも悪くはないと思った」

「なんてことを……」

自分を命懸けで信じてくれた人に、つまらぬ意地悪をしたことが心底恥ずかしい。

「待っていて下さい。もう一度饅頭を作ってきます。今度は美味しい饅頭を作ります」

「無理をしなくていい。私はもうずいぶん長い間、美味しいなどと感じたことがない。おそらく何を持ってきても美味しいなどとは言わないだろう」

「いいえ。私が必ずレイシ様に美味しいと言わせてみせます」

「無理だと思うが……」

菫胡は土間に下りて、酸味のある饅頭を作った。

（酢で漬けた梅を餡に混ぜてみよう。食欲増進にも効果があるはずだ）

急いで蒸して、再びレイシに差し出した。

「どうぞお召し上がり下さい。食べやすいはずです」

レイシは小ぶりに作った饅頭を、一口でぱくりと頬張った。

「…………」上品な口元がもぐもぐと嚙《か》みしめている。

「どうですか？」

菫胡は期待を込めてレイシの反応を見つめた。

「酸っぱいな。悪いが美味しいとは思わぬ」

菫胡はがっくりと肩を落とした。

「だが不思議に喉《のど》ごしがいい。いつも無理して飲み込んでいたが、この饅頭は苦も無く飲み込める。こんなことは久しぶりかもしれぬ」

「！」

菫胡は、ぱあっと明るい顔になった。

そうだ。体が欲する味だから喉ごしはいいはずだ。酸味を欲するのは毒がまだ体内に残っているから。毒が抜ければ、本来の味の好みが出てくるはずだ。

「毒が抜けるまで酸味の強い饅頭を出しますが、毒さえ抜けたらきっと美味しいと言わせてみせます。もうしばらく我慢して下さい」

「何度も言うがおそらく美味しいとは言わない。甘いものも辛いものも好きではない」

「いいえ。必ず美味しいと言わせてみせます。だから、約束して下さい。もし饅頭《まんじゅう》を美味しいと思ったら、もう二度と死んでもいいなんて思わないで下さい。ちゃんと、あるべき場所で生きて下さい」

決意を込めて言う菫胡に、レイシは目を見開き、ほんの少し微笑んだ。

「いいだろう。そなたが美味しいと私に言わせたならば、自分のあるべき場所に戻り、もう一度もがいてみることにしよう。何があろうと諦《あきら》めず、命ある限り生き抜いてみよう。約束する」

その日から、レイシのための饅頭作りが始まった。

普通の料理人なら、いろんな味を試してみるだろう。だが、菫胡はレイシの周りに見える色に従った。青が出ている限りは、酸味のある饅頭を出す。

だが余程長く毒にさらされてきたのか、どれほど肝の臓にいい薬湯を飲ませても、一向に青しか示してはくれない。肝の臓が長年の酷使で弱り切っていた。

だが数日が過ぎるうちに体力自体は戻り、庭を散歩できるまでになった。

「見て下さい、レイシ様。これは紫蘇《しそ》といいます。赤い葉と青い葉をつける種類があるんです。どちらも香りがよくていろんな料理に使えます。赤い方は乾燥させると蘇葉《そよう》という生薬にもなるんですよ」

昼間は人目につくので、月明かりの下での散歩が日課になっていた。

小さな庭には董胡が育てる薬草畑と洗い場と、薬草を干す台だけがある。

「そなたは薬草の話をする時が一番楽しそうだな」

レイシは少し呆《あき》れたように苦笑した。まだ料理を美味しいとは言ってくれないが、打ち解けた様子を見せてくれるようになっていた。

「私は薬膳《やくぜん》師になりたいのです。美味しくて体に良い料理を作る伍尭國一の薬膳師に」

「薬膳師か……。平民で大成した者はいないのではないか？　どうせなら医師や薬師になった方が仕事は多くあると思うが……」

レイシはいろんな事をよく知っていた。

レイシの意見を聞いてみたくて、董胡は楊庵にも打ち明けたことのない話もした。

「ですが斗宿の麒麟寮は薬膳師の養成に力を入れていると聞きました」

「……。帝《みかど》の病に薬膳が大事だからだろう。だが今から育てて間に合うのか……」

レイシの表情が月明かりの下で少し翳《かげ》った。

「皇帝陛下はお体が悪いのですか？　まさかお命が危ないのですか？」

斗宿の田舎村では、皇帝の噂をすることさえ畏《おそ》れ多く、董胡は何も知らない。

「どうであろうか……。私に未来が読めたならな……」

「え？」

「いや、なんでもない。帝のお側には、薬膳専門の者が数人いるようだ。だが、みな亀氏の息のかかった大家の者たちばかりだ。そなたのような身分の者が入り込める場所ではない。かと言って庶民が薬膳師を必要とするかと言えば、病の予防に金を積んで雇うような金持ちなどおるまい。結局一握りの薬膳師が世襲で継ぐ職だ。悪いことは言わぬ。平民ならば医師か薬師を目指すがいい」

「…………」

レイシの言うことはもっともだ。卜殷にも以前に言われたことがあった。

医師や薬師ならば庶民にも需要があるが、薬膳師は貴人相手の職なのだと。

「なぜ平民は薬膳師になれないのでしょう？　どれほど努力しても、どれほど薬効が高く美味《おい》しい薬膳料理を作れても、平民だからなれないのはどうしてですか？」

「それは……」

レイシは董胡に問われ、困ったように口ごもった。

「生まれの身分が違うだけで、夢を持つことすら許されないのですか？　平民とは貴族の方から見ると、それほどつまらぬ人間なのですか？」

「…………」

レイシは目を見開き、しばし考え込んだ。そして静かに口を開いた。

「いや……何も違わぬ。むしろ欲に溺《おぼ》れた貴族よりも、ずっと人として尊いと私は思う」

「それなのに私は薬膳師になれないのですか？」

「そうだ。なれない。そういう世なのだ」

少し投げやりに答えるレイシを見て、董胡は悔しさに唇をかみしめ涙を浮かべた。

「そういう世は変えられないのでございますか？」

「変える？」

レイシは驚いたように董胡を見つめた。

「はい。平民でも薬膳師になれる世に変えるのでございます。努力をすれば、身分を問わず男でも女でも誰もが夢を叶《かな》えられる世に変えるのでございます」

「無茶を言うな。長く決められていた制度がそうそう簡単に変えられる訳がないだろう。余程力のある権力者が死力を尽くしても難しい」

「難しいということは、可能性はあるのですよね？　レイシ様なら出来るのではありませんか？」

董胡は子供の無邪気さで尋ねていた。

「私が？　なぜそう思うのだ？」

「だってとても偉そうですもの。高貴なお生まれの方なのでしょう？　違いますか？」

レイシはいよいよ絶句していた。

「だからレイシ様が変えて下さいませ」

しばし言葉を失っていたレイシは、なにかに思い至ったように笑い出した。

「は……はは。なるほど。私が変えれば良いのか。確かに……ははは……」

「そうです。そしてレイシ様が私を雇って下さいませ」

「簡単に言う。それがどれほど大変なことか分かっているのか？」

「そんなに大変なのですか？　レイシ様は良家の方でございましょう？　薬膳師も雇えますよね？　医師の免状を取ってもだめですか？　今からたくさん勉強して、必ずお役に立てる薬膳師になってみせます。だからどうかお願いします」

董胡は自分が女であることも忘れ、夢中で懇願していた。

レイシは考え込むように月を見上げた。満月には少し欠ける十三夜《じゅうさんや》だ。

「……そうだな。私なら出来るのか……。誰もが夢を叶えられる世か。そんな世を私も作ってみたいと思う。いや、私こそがやらねばならぬのかもしれぬ」

レイシは月に誓いを立てるように呟《つぶや》いた。

「レイシ様……」

力強く月を見つめるレイシは、天に選ばれし御使《みつか》いのように見えた。

「ならば生き延びねばならぬな」

董胡を見下ろし神々しく微笑むレイシに、董胡の鼓動は大きく跳ねた。

そして思いつきで言ったはずの言葉が、自分の運命なのだと確信した。

この方のために立派な薬膳師になる。だから。

「はい。私のために生きて下さい」

予想外の言葉だったのか、レイシは驚いて董胡を見た。

「そなたのために？」

「はい。大事な雇い先がなくなっては困ります」

「はは。確かに」

レイシは再び声をたてて笑い、言葉を継いだ。

「誰かのために生きるなどと考えたことがなかったな」

「え？」

「みなが私のために生き、私のために死んでいった。自分のために生きてくれなどと言われたのは初めてだ」

主人にそんなことを言う図々《ずうずう》しい従者などいないのだろう。

「だが……誰かにそう言って欲しかったのかもしれないな」

助けられ、守られるばかりの人生ではなく、誰かを助けられる人生。

それはひどく甘美で温かいもののようにレイシには思えた。

「分かった。私がきっと世を変えて、そなたを必ず呼び寄せよう。だが、まずは美味しい饅頭を作ってもらわねばな」

「はいっ！　任せて下さい！」

董胡の目にはすでに希望が見えていた。

何かを吹っ切ったようなレイシの体から、微《かす》かな色が放たれるのが見えたのだ。

三、華蘭と侍女三人衆

董胡が黒水晶の宮に来て五日が過ぎていた。

「まああ！　鼓濤様！　何をなさっておいでですかっ？」

声を張り上げたのは茶民だった。声が大きくしゃきしゃきしていて、断定的な物言いをする。色黒でやせていて、董胡の二つ下の十五歳ということだった。

共に過ごすうちに侍女達の個性がはっきり見えてくるようになった。

「髪が邪魔で落ち着かないんだよ。御簾《みす》の中なら誰にも見られないしいいでしょ？」

董胡は慣れた手つきで長い髪を角髪《みずら》にして両耳のあたりで束ねていた。重ねた袿《うちき》も脱いで、単《ひとえ》に袴《はかま》だけの軽装姿だ。下着姿と言ってもいい。

侍女二人から敬語を使わないでくれと言われ、緊張していた董胡もすっかり普段の口調と素が出るようになっていた。

玄武公の大きなお屋敷には大勢の使用人がいるが、姫君の御簾の中まで入ってくるのは侍女ぐらいだ。外の人々には見られることもない。

「い、いいわけがございません！　間もなく帝《みかど》に嫁がれようってお方が、不躾《ぶしつけ》ながら、なんという破廉恥なお姿と言葉遣いでございますか！」

「公の場ではちゃんとするよ。どうせ仰せの通りにとしか答えられないんだしさ」

結局、玄武公に逆らうことなど許されないのだ。何を言ったとしても踏みつけられるだけだ。董胡が下手を打てば、家族のように暮らした楊庵が危険にさらされる。そして董胡を騙《だま》したという卜殷先生だって、本人の口から真相を聞くまでは信じていたい。

二人を守る。

それが董胡の辛《かろ》うじて出した結論だった。そして何より……。

「私が帝の一の后《きさき》になれば、玄武公より身分が高くなるんだよね？」

「え、ええ。そのように聞いております。一の后様に命令できるのは、帝ただお一人でございます。お館《やかた》様も嫁がれた後は鼓濤様に敬語でお話しになることでしょう」

次の皇帝はうつけ者と聞いたが、どんな男であろうと一の后になっている間は董胡にもそれなりの権力というものが備わる。その間に楊庵と卜殷を玄武公の権力の及ばぬどこかに逃がす。どこにどうやって逃がせばいいかなんて分からないが、それはおいおい考えることにする。そして二人を逃がした後で、出来ることなら董胡も王宮から逃げ出せないかと画策していた。

うまくいけば斗宿を離れ、五年前に会ったレイシ様を探して薬膳師として雇ってもらう。それが現状の董胡の最高の筋書きだった。可能性は皆無に近いが……。

「鼓濤様。厨房《ちゅうぼう》でおやつを頂いて参りました。今日は蒸し饅頭《まんじゅう》でございます……」

御簾の中に饅頭をのせた手盆を持って現れたのは、もう一人の侍女の壇々だ。

色白でふっくらしていて笑うと目が線になる。まだ十三歳らしく、まったりした口調で語尾をにごすような話し方に幼さが滲《にじ》み出ている。

二人ともそれなりの貴族の姫君ではあるが、ここでは中流貴族の部類らしい。

「また厨房に行ってたのね、壇々！　鼓濤様のお側にいてと言ったでしょう！」

董胡がくだけた物言いだからか、二人の侍女も素が出てくるようになってきた。

「でも、おやつの時間になったから……」

「おやつと鼓濤様と、どっちが大事なのよ！」

「それは……」

迷いなくおやつと答えそうだった。

壇々は侍女の中でも一番の食いしん坊らしい。

「まったく！　どうしてあなたが帝に嫁がれる鼓濤様の侍女になれたのかしら？」

「そういう茶民だって……お金にがめつい嫌われ者って言われているわ……」

「なんですって？　誰が嫌われ者よ！」

茶民は地位の割に貧乏な貴族らしく、小金を貯めるのが趣味だった。自分が食べなかった侍女用の茶菓子などを御用聞きの従者に売って小銭を貯め込んでいるらしい。ついでに食べ残った菓子まで持っていくため、多少の揉《も》め事を起こしていたようだ。

「もう、ちょっと喧嘩《けんか》しないでよ。ほら、せっかくだから饅頭をいただこうよ」

どうやら黒水晶の宮の侍女の中でも問題児の二人をつけられたらしい。

だが董胡にとっては、貴族然としたすました女性よりも気楽で良かった。

「私もいただいていいのですか？」

食べ物の話になると、壇々は人懐っこい子犬のようになる。その様子が饅頭を前にした時の忠犬のような楊庵と重なって可笑《おか》しくなった。

「いいよ。どうせこんなに食べられないもの。一緒に食べてくれた方が助かる」

「二個食べてもいいのですか？」

壇々は信じられないという顔で聞き返した。

「二個でも三個でも食べていいよ。私は一個で充分だ」

「華蘭さまのお部屋では、毒見の一つ以外は侍女たちが食べることはなかったので」

「じゃあ残った饅頭はどうするの？」

「捨てるそうでございます。もったいなくて涙がでます……」

言いながらも壇々は毒見の饅頭を食べきり二個目に手を伸ばした。

董胡の特殊な目には、壇々の周りに放たれている黄色の光が見える。黄色は甘味好きだ。

美味《おい》しい美味しいと頬張る壇々だが、董胡が食べてみると塩味が強くて練りが足りない。肉の扱いが悪くてぱさぱさしている。

「壇々はもっと甘い方が好きでしょ？　私ならもっと美味しい饅頭が作れるのにな」

つい斗宿にいた頃のように、好みに合わせた饅頭を作りたくなってしまう。

「え？　鼓濤様は饅頭が作れるのですか？」

壇々は目を輝かせた。

「ご冗談はおやめ下さい！　だがすぐに茶民が横やりを入れた。炊事など貴族の姫君がすることではありません。まして鼓濤様は帝の后として嫁がれるお方でございますよ。他の者に聞かれたら軽んじられます」

言いながら茶民は懐紙を出して饅頭を三個包んでいる。

「茶民は食べないの？」

茶民は白っぽい光が強い。異様に強い。変人と呼ばれるほど辛味が好きなはずだ。

「茶民ったら、また部屋方の従者に売りつけるつもりでしょう」

壇々が言うと、茶民は悪ぶれもせずにもう一個つかんだ。

「壇々が食べ過ぎて、これ以上太らないように持っていってあげるのよ！」

「あ、返してよ！　まだ三個しか食べてないんだから……」

「三個食べたら充分でしょ！」

二人が顔を合わせるといつもこんな感じだ。だが、それも仕方がない。

貴族装束で大人びているように見えても、まだ子供のような年齢だ。

そして平民育ちの董胡は舐《な》められているのだろう。

前にいた華蘭の部屋では、言葉を発することもできず、もっと身分の高い侍女たちにずいぶんいじめられていたらしい。壇々はもっぱら毒見専門の侍女で、華蘭の御簾の中にも入ったことはないらしい。茶民は使い走りばかりだったそうだ。

「それにしても鼓濤様の侍女は私たち二人だけなのかしら？」

「華蘭様には侍女頭《じじょがしら》をはじめ、十人以上の侍女がいるのにね……」

立后式の手順や行儀作法、その他もろもろの貴族の振る舞いを教えにくる侍女はいるが、直接董胡の世話をする侍女は、今のところこの二人だけだった。

「私は二人で充分だけど、華蘭様は十人も侍女をつけているの？」

そんなに侍女がいては、いざ逃げ出そうとしても隙を見つけられない。

「華蘭様には恐ろしい侍女三人衆がついているのです。少しでも失敗をすればねちねちと罵《ののし》られ、気に食わないと無理難題を押し付けられて、できないとひどい罰を受けます」

「私は腐った饅頭を食べさせられて、吐いてしまったら三日間食事を食べさせてもらえませんでした。空腹で死んでしまうかと思いました。思い出すだけで、ああ恐ろしい」

壇々は恐ろしさを思い出したように身震いした。

「私の場合は広縁を歩いていたら、わざとぶつかってきて庭まで転げ落ちたことがあります。それを見て華蘭様も一緒に笑っていました。本当に意地悪な人達！」

茶民は口をとがらせた。

華蘭の取り巻きの侍女三人衆を中心に、陰湿ないじめが横行しているご難場らしい。

「それに比べてここは天国ですわ！　鼓濤様は気さくで意地悪もしないですし」

「おやつも分けてくださいますし……」

少し気を緩めすぎだとも思うが、董胡としてはいずれ逃げる時のために二人は味方につけておきたい。

「でもこのままずっと二人だけなのかな？」

玄武公は、いくらうつけの帝といっても、こんな適当な三人を玄武の一の后宮に送り込むつもりだろうか。さすがに玄武の名が落ちるだろうと董胡は首を傾げた。

「あらあら、騒々しいこと。部屋の外まで声が聞こえてましてよ」

御簾《みす》の外から急に声がして、董胡たち三人はぎょっとした。

部屋方の従者たちが襖《ふすま》を開き、晴れやかな着物を着た女性たちが次々に入ってきた。

みんな扇で顔を隠しているが、その装いは一の姫であるはずの董胡より豪華だ。

特に真ん中で守られている姫君は、扇の上に垣間《かいま》見《み》える宝髻《ほうけい》（冠）も見事な細工でできていて、金銀の玉が垂れ下がり、大きな黒水晶が嵌《は》め込まれている。

「部屋の外で前触れを受ける侍女もいらっしゃらないのかしら？　情けないこと」

「御簾の中に侍女をお招きになっておしゃべりだなんて、はしたない」

「やはり平民としてお育ちになった方が姫君のまねごとなど、すぐに襤褸《ぼろ》が出ておしまいになりますわね。ふふふ」

女達は扇の中でくすくすと笑い合った。

「華蘭様と侍女三人衆ですわ」

青ざめた様子の茶民が小声で董胡に囁《ささや》いた。その声が聞こえたのかどうか……。

「茶民！　壇々！　御簾から出なさい！　華蘭様より高い位置にいるとは、なんたる無礼！　罰を受けたいか！」

威圧的な声が響いて、茶民と壇々は「はいっ！」と叫んで御簾から飛び出た。

御簾の中は一段高い厚畳《あつだたみ》になっているので、必然的に高座になってしまった。

二人の侍女は鼓濤付きの自分たちの方が今は位が高いのどうのと言っていたが、いざ本人たちを目の前にすると、仕返しどころか完全服従してしまっている。

御簾の外では扇を持つのが上級侍女のしきたりだが、二人とも慌てすぎて御簾の中に扇を忘れている。厚畳の両脇に俯《うつむ》いたまま身を小さくして座っていた。

董胡は一応、玄武公いわく一の姫だから高座にいていいらしい。

全然敬われてなどいないだろうが、地位は華蘭より確かに高いようだ。

「何用でございましょうか？」

御簾の中だが扇で顔をかくして尋ねた。外には見えないと思うが角髪《みずら》姿のままだった。

そばに脱ぎ捨ててあった表着《おもてぎ》も慌てて肩に羽織ってごまかす。

「まずは座る許可をいただけますか、鼓濤様。立ち話など、ねえ……」

侍女三人はくすくすと笑っている。身分が上の者が許可せねば座れないのだった。あれこれ教わったしきたりの中にあったのを思い出した。

勝手に座るよりも、馬鹿にしたようなくすくす笑いの方がずっと無礼だと思うのだが、どちらにせよ本気で敬う気などないのだろう。

「皆様、お座りください」

董胡が言うと、華蘭が三人の侍女に着物の裾《すそ》を広げてもらいながら優雅に座して頭を下げた。

「此度《こたび》は皇帝陛下の一の后《きさき》の下命、おめでとうございます。心よりお祝い申し上げます」

さすがに生粋の姫君だと思わせる重みのある声音と堂々とした所作だ。

見事な挨拶《あいさつ》だが、どこか底冷えのする響きがある。完璧《かんぺき》であればあるほど人形のような冷たさを感じた。およそ董胡が出会ったことのない人種だと警戒を深める。

「ありがとうございます」

なるべく余計なことは言うまいと、当たり障りのない言葉だけを返した。

「つきましては、お姉さまにお祝いの品をいくつか持って参りましたの」

「お祝いの品？」

侍女たちが扇の中でくすくすと笑っている。

「お噂によると、ずいぶん下層のお暮らしをなさっていたとか。わたくしなどは恐ろしくて想像もできませんけれど……」

侍女たちの笑い声が大きくなる。嫌な人達だ。

「父上が輿入《こしい》れの準備をして下さるとはいえ、にわかに集めた物では足りないことでございましょう？　ですのでわたくしの使い古した物ですけど、着物や簪《かんざし》などをお持ちしましたの。使ってくださいませ」

「………」

董胡としては、人の使い古した物だからといって気にしないが、侍女たちがくすくす笑っていることから、それが姫君を侮辱する行いなのだろうと分かった。

「次の帝《みかど》は父上のお話ではずいぶん個性的なお方だとか。お姉さまのように珍しい生い立ちの姫君の方が気に入られるかもしれませんわね。玄武の繁栄のためにも、陛下のご寵愛《ちょうあい》を受けて下さいませね。期待しておりますわ」

どうやら華蘭も新しい帝には会ったことがないようだ。個性的とは、つまりうつけ者と言いたいのだろう。自分の身代わりにされた董胡を嗤《わら》いにきたのだろうか。

「お心遣い、感謝致します」

だが妙だとも思った。どれほどうつけ者の帝であっても、茶民たちの言うように董胡の身分が上になることは明らかだ。現にこうして董胡の方が高い場所に座っている。

この気位の高い姫君たちが、そんな屈辱を素直に受け入れられるのだろうか。

「お姉さまに一つお詫《わ》びをしなければなりませんの」

「お詫び？」

「ええ。帝に嫁がれるにあたって、お父様から誰かよい侍女を推挙してくれと言われまして。でも平民暮らしのお姉さまになじめる者など私の周りには思い当らず……ふふ、ねえ」

華蘭は侍女三人に笑いをこらえるようにして話を振った。

「ええ。仕方なく私どもが平民相手でもお話が合いそうな茶民と壇々の名を挙げたのですわ」

「でも他の者はみな汚らわしいと嫌がって二人しか見つかりませんでしたの」

「侍女頭が務まるような上流貴族を決めなければなりませんのに、みな頼むから華蘭様のお側に置いてくださいと懇願なさって、いまだに決まりませんのよ」

嫌なことを言う。両脇の茶民と壇々は蒼白《そうはく》な顔でうつむいていた。

大出世だと喜んでいたのに、さぞ傷ついていることだろう。こんなことをわざわざ言いに来る必要があるのだろうか？

董胡は腹が立った。こういう時、余計な正義感を発揮してしまうのが董胡の長所でもあり短所でもあった。

「ご心配には及びません。茶民と壇々はとてもよく働いてくれています。二人で充分です」

きっぱりと言う董胡に、茶民と壇々が驚いたように顔を上げた。

「それに帝の一の后となる私の侍女です。皆様にも言葉を謹んでいただきましょう」

「!!」

華蘭と侍女三人衆は、驚いたように扇の向こうで顔を見合わせた。

まさか、平民ごときに反撃されるとは思っていなかったのだろう。

「ま、まあ、驚きましたわね、華蘭様」

「平民育ちというのは常識がないゆえに怖いもの知らずですこと」

「お館《やかた》様にも平気で口答えなさっていましたものね。あの時は肝が冷えましたわ」

菫胡の周りで一番偉い人といえば麒麟寮の寮官様ぐらいだ。絶対的な権力というものを、良くも悪くも知らなかった。その無鉄砲さは、貴族の世界では危険だ。

ふいに菫胡の前の御簾がゆらりと揺れた。そしてひゅんっと右頬を何かがかすめた。

「いっっ！」

右頬に痛みが走り、手で押さえると薄く切れて血が滲《にじ》み出ていた。

（なに？）

何が起こったのか分からない。鋭い風のようなものが菫胡の右頬をかすめたのだ。

はっと見ると、華蘭が御簾の向こうで扇を下げて恐ろしい目でこちらを睨《にら》みつけていた。御簾越しなのに、不思議なほどはっきりとその視線を感じた。

（まさか……。今のは華蘭様が？）

だが、菫胡以外は誰もなにも気付いていないらしい。

華蘭はにやりと真っ赤な唇で微笑んで告げる。

「ほんに父上様がおっしゃった通り、ふてぶてしいところまで亡き濤麗様にそっくりですこと。二心《ふたごころ》あるところまで似ていなければよいのですけど」

「二心？」

「あら、まだ聞いていらっしゃらなかったかしら？　お姉さまが幼き頃に攫《さら》われたなんていうのは表向きの話でございますわ。真相はもっと下世話でおぞましい事件です」

「おぞましい？」

聞き返す董胡に、華蘭は赤い唇をさらに嬉《うれ》しそうにゆがめた。

「濤麗様は、この宮に仕えていた者と駆け落ちしたのでございます。お相手は共に消えた貴族の殿方だとばかり思って捜索していたようですが、まさか、診療所で働く下級医師と逃げていたなんて」

「ほんにみっともない。玄武の恥でございますわね」

「話すだけでも口が汚れるような気がしますわ」

「鼓濤様にしても、本当にお館様のお子であるかどうかも怪しいものですわ」

「まあ！　いくらなんでも鼓濤様に失礼でございますわよ。ふふふ」

侍女三人衆もおかしそうにくすくすと笑い声をあげる。

「まさか……」

母と卜殷先生が恋仲だったということなのだろうか？

「あら、少しおしゃべりが過ぎましたわね。ではこれにて失礼致します。くれぐれも濤麗様のごとき二心を持って帝をお裏切りになることなどございませんよう。お姉さま、どうか身の程知らずの儚《はかな》い栄華を存分にお楽しみくださいませ。ふふふ」

嫌な捨て台詞《ぜりふ》を残して、くすくす笑いながら去っていった。

四人が立ち去ると、緊張で固まっていた茶民と壇々がほうっと息を吐いた。

「鼓濤様ったら！　あの恐ろしい華蘭様に言い返すだなんて、生きた心地がしませんでしたわ」

「庇《かば》って下さったのは嬉しかったですけど……。あの方に勝てるわけがないのですから」

「それに、華蘭様の話していらしたのは言いがかりの嘘でございますわよね？」

「なんと恐ろしい……。まさか鼓濤様はお館様のお子ではなく不義の……」

「壇々！　恐ろしいことを言わないで！　そのような方が皇帝の后になれるわけがないでしょ！　ねえ、違いますわよね？　鼓濤様」

二人の侍女が不安そうに董胡に確認する。

「いや、私は本当に何も知らないんだよ。卜殿先生はそんなこと何もおっしゃらなかったし」

「や、やめて下さいまし！　それでは私達は不義の姫君に仕えて王宮にいくことになりますわ。不躾《ぶしつけ》ながら、口に出すのもおぞましい」

「そ、そうですわ。変な噂が広まったら大変です。きちんと否定してくださいまし……」

侍女二人の顔に不信感が浮かんでいる。

どこの馬の骨とも分からぬ男との間にできた姫君に仕えるなんて、二人も嫌だろう。

だが、自分のおぞましい素性を聞かされた董胡はもっと嫌だ。

そして董胡は、華蘭の最後の言葉が気になっていた。

——儚い栄華——


華蘭は確かにそう言った。まるで皇帝の治世が短いと知っているかのように。

それにあの妙な風はなんだったのか。

不安ばかりが募るが、玄武公の強固な見張りの中ではどうすることも出来なかった。


素直に従う素振りを見せながら、逃げる算段を立ててみたりしたが結局どれも活路を見いだせない。そうして立后の式典の手順などを教え込まれながら十日が過ぎていった。

気付けば焦る気持ちと裏腹に、いよいよ明日は皇帝陛下に輿入《こしい》れをするという日になってしまっていた。

(私はどうなってしまうのだろう……)

父という実感など到底持てない玄武公に形だけの嫁入りの挨拶《あいさつ》を済ませた董胡は、部屋に戻る途中の渡殿《わたどの》で扇の隙間から垣間見《かいまみ》える月を見上げた。

見事な満月が皓々《こうこう》と庭を照らしている。

あの日の月もこんな風に見事な円を描いていたと、美しい記憶がよみがえる。

(レイシ様……)

五年前と同じ満月が、董胡にレイシが去った日を思い起こさせた。

(もう少しであの日の約束通り、薬膳《やくぜん》師の道に進むはずだったのに)

医師の免状を手に入れ、薬膳の研究を続けながらレイシの迎えを待つだけだった。

不可能に思われた夢に、手が届くところまできたはずだったのに。

霞《かすみ》となって散ってしまいそうな夢を掴《つか》むように月に手を伸ばし、董胡はあの日の出来事を思い浮かべていた。

◆

毒が抜けたレイシの周りに見えた色は、僅《わず》かな黄色と白。

黄色は甘味、白は辛味だ。つまり甘辛い味を美味《おい》しいと感じるはずだ。

ただし長く味わうことを拒絶していた舌は、体内の毒消しを経てようやく原点に戻ったばかりの今、とても敏感なはず。他の人には感じないほどの薄味でいい。

貧しい治療院にある食材は限られている。

唐芋を使おう。芋から出るほのかな甘味に生薬の藿香《かっこう》と少しの乾姜で辛味をつけてみよう。あとはその味を壊さない程度に雑穀と野菜を配合する。すりおろして練ったごまは甘味を引き立ててくれるかもしれない。隠し味程度でいい。

慎重に慎重に味を見ながらそれぞれの分量を整える。

適度に歯ざわりを残して、具材を潰《つぶ》し過ぎないように。

甘味が足りなければ蜜《みつ》をほんの少し入れてみよう。

これほど精魂込めて饅頭《まんじゅう》を作ったことなどない。初めての大勝負だ。

丁寧に練った餡《あん》を生地に包み込み、蒸し器に入れて火にかける。

火加減を調整して、餡の中までしっかり蒸し上げる。

「出来た！」

董胡は湯気の上がる蒸し饅頭を編み皿にのせて、レイシの部屋に向かった。


「レイシ様。今日は酸っぱい饅頭ではございません。召し上がってみて下さい」

董胡は編み皿の饅頭をレイシに元気いっぱいに差し出した。

「今日は酸っぱくないのか？　あれは美味《うま》くはないが喉《のど》ごしがいい。食べやすかったのだがな。あれ以外は喉でつかえるかもしれぬぞ」

「今日の饅頭は喉ごしどころか、食べれば次が欲しくなるはずでございます」

自信たっぷりの董胡に、レイシは困った顔をした。

「悪いが董胡、私が食べ物を欲することなどない。そこまでは期待しておらぬ」

「いいえ。美味しいとは次も食べたくなるということでございます」

「そう意地になるな。喉ごしが良ければ美味しいと言ってやるつもりだった」

レイシは立ち去る決意を固めたものの董胡の饅頭にさほど期待していないようだった。

「大丈夫です。どうぞ温かいうちにお召し上がり下さい」

むきになって差し出す董胡に観念したように、レイシは編み皿の饅頭を一つ手にとった。いつもより大きめの饅頭は、まだ湯気を立てている。

食い入るように見つめる董胡を前に、レイシは居心地悪く饅頭を一口かじった。

そして。

「！」

まだ熱々の餡は、ほくほくとしてレイシの舌の上でとろけた。とろけた後に残る具材を嚙《か》みしめると、甘辛い味がじわりと滲《し》み出してくる。それが生地の歯ざわりと絡み合って、口の中を心地よい味わいで満たしてくれる。

不思議な感動に、レイシはもう一口かじった。

再びとろける餡の中に芋の甘味とさわやかな辛味を感じる。

こんな感覚は久しぶりだった。ずっと昔に忘れていた感動だ。

もう一口かじって、レイシはこの感動をなんと言うのか思い出した。

「美味い……」

董胡は、ぱあっと目を輝かせた。

「美味いぞ、董胡。こんな気持ちは久しぶりだ」

レイシは、子供のように饅頭を頰張った。そして次から次へと饅頭に手を伸ばし、あっという間にすべて平らげてしまった。

すっかり満腹になったレイシは、一息ついて董胡を見た。

「不思議だ。今まで最高位と言われる料理人の御馳走《ごちそう》すらも美味しいなどと思わなかったのに、なぜこの素朴な饅頭をこれほど美味しいと感じたのだろうか」

「一つ考えられることは、レイシ様のご身分では出来立てのものを召し上がるのが難しいからかもしれません」

「出来立て……」

「大きなお屋敷では厨房《ちゅうぼう》から食卓までが遠く、さらに毒見などを経てお口に入る頃にはすっかり冷めてしまいます」

「確かに。これほど熱々のものを食べたことはないな」

芋のほくほく感は温かいほど舌の上でとろける。

「だがこの絶妙な味わい。私がこのような味が好きだとよく分かったな。自分でも知らなかったというのに」

それは董胡にしか出来ない特技だ。

同じ人でも、日によって体調によって欲する味覚は変わる。今欲する最高の味付けが出来るのが董胡の強みだった。

レイシは満足そうに頷《うなず》いた。

「見事であったぞ、董胡。約束通り、私は元の場所に帰り生き延びて成人し、そなたをいつか私の薬膳師として迎えにこよう」

「はいっ！」

董胡は元気よく声を上げた。

翌日、レイシは一日中部屋にこもり瞑想《めいそう》していた。

時々両手を組み替え、経のようなものを唱えている。その神懸かった様を窺《うかが》い見ると、声をかけるのも畏《おそ》れ多いような気がした。

高貴な人というのはこのように一日を過ごすものなのだろうかと、董胡は仕事の合間に様子を見ながらそわそわと時間が流れた。

やがて夜になると庭に出て天人とはかくあるべしという麗しい姿で月を見上げている。

「レイシ様？」

董胡は気になって前庭に出ると、レイシに近付いた。

空いっぱいに広がる満月が、レイシを包み込むように照らしている。

「迎えが来たようだ、董胡」

ほうと梟《ふくろう》が鳴き、遠くから満月を背に、黒いもやのようなものがとぐろを巻いてこちらに流れてくるのが見えた。目をこらしていると、近付くにつれて人影のような形を成していく。

「あれは……？」

きつねの嫁入り。妖《あやかし》たちの行脚。そんなものを連想させた。

足音ひとつたてず、大勢の黒服の男たちが地面すれすれに浮かぶように歩いてくる。

みな同じような均整のとれた背恰好《せかっこう》で、雅《みやび》やかな丸襟の袍《ほう》を着こんでいる。

なんの物音もせぬまま百人を超える男達が行進し、その真ん中に二つの輿《こし》が見えた。

「レイシ様……」

董胡は人ならざる者を感じて、思わずレイシの袖《そで》を掴んだ。

「案ずるな董胡。翠明《すいめい》の式神であろう」

「式神？」

何のことか分からなかったがレイシが落ち着いているので危険なものではないようだ。

やがて先頭が門前に辿《たど》り着くと、音もなく勝手に門が開いた。そして庭を端から埋めるように男達が次々に片膝《かたひざ》を立てて座る。立てた膝頭に両手を載せ、額をつける。貴人に対する最高の敬意を表す拝座《はいざ》の姿勢で並んでいく。

あっという間に庭いっぱいに拝座の男たちが居並び、輿の一つが中央に下ろされた。男達が御簾《みす》を巻きあげると、緋色《ひいろ》の衣装がこぼれ出て、背の高い男がするりと立ち上がった。

黒髪は一部を頭の上でだんごを作って布で包んで組み紐《ひも》で結び、残りを腰まで垂らしている。貴族の成人男性に多い髪形だ。逆さ三日月の目は笑い顔が標準仕様のようで、穏やかな安心感を与える風貌《ふうぼう》の人だった。

「翠明だ。私が呼んだ」

「呼んだって、いつの間に……」

レイシは朝から一歩も部屋を出ていないはずだ。楊庵や卜殷先生に言伝《ことづて》を頼んだ様子もなかったというのに。

翠明と呼ばれた青年はレイシの前まで歩いてくると、すっと腰を下ろし拝座になった。

「心配致しました。ご無事でなによりでございます」

「この者に助けられた。私の命の恩人だ。董胡という」

翠明はレイシの隣に立つ董胡に視線を向け、笑っている目をさらに細めた。

「董胡殿。ありがとうございます。深く感謝致します」

翠明に頭を下げられ、董胡は気恥ずかしくも誇らしい気持ちになった。

「董胡と約束をした。私は自らの運命を受け入れ、全力で立ち向かうと。どんな困難があろうとも生き延びてみせると誓った」

レイシの言葉を聞いた翠明の三日月目が、一瞬見開いて再び深い笑みを浮かべる。

「よくぞご覚悟下さいました。この上は私の命に代えてもお守り致します」

翠明の慇懃《いんぎん》な物言いに、董胡はそれがとてつもない覚悟なのかもしれないと気付いた。

苦難に立ち向かい生き抜くとは人として基本の在り方で、董胡は決して無茶な約束をしたわけではないと思っていた。だが、もしやレイシにとっては自分が思っていたよりもずっと重い決断だったのかもしれない。

「私は誰もが平等に夢を実現できる世を作ろうと思う。そしていつの日か董胡を私の薬《やく》膳《ぜん》師として雇い入れたい」

「薬膳師？」

翠明は少しだけ目を丸くしてから董胡を見た。

「わ、私は薬膳饅頭《まんじゅう》を作るのが得意なのです。レイシ様にも食べていただきました」

「レイシ……様？　名を告げたのでございますか？」

翠明はさらに目を丸くして、今度はレイシを見た。

「名を告げぬと病者、病者と呼ぶのでつい呼び名だけ……な……。すまぬ」

名を教えてはならないしきたりでもあるのか、翠明は少し呆《あき》れたように肩をすくめた。

「あの……名を言ってはならないなら、誰にも言いません。あ、卜殷先生と楊庵には言ってしまいましたが……」

慌てて弁解する董胡に、翠明はため息をついた。

「あなた方の安全のためにも、口外せぬことをお勧めします。よいですね？」

「は、はい。私はいつかレイシ様の薬膳師になって、また美味《おい》しいと言っていただきたいだけなのです。だから……」

必死に弁解しようとする董胡だったが、翠明はまた別の言葉に引っかかった。

「美味しい？　レイシ様が？　美味しいと？　まさか……」

いよいよ翠明の三日月目が今宵《こよい》の満月のように丸くなった。

そして翠明の問いかけには、レイシが代わりに答えた。

「美味《うま》かった。董胡の饅頭で久しぶりに美味いという感情を思い出した」

「なんと……。そのような奇跡が……」

翠明は満月になった目に涙を浮かべていた。そしてもう一度董胡に向かって深く頭を下げた。

「心得ました。いずれ時がくれば、董胡殿を迎えにあがりましょう」

「は、はいっ!!　いつまでもお待ちしています」

「ですが薬膳師ということは医師の免状が必要ですよ？　自信はありますか？」

翠明は少し不安の表情を浮かべ、まだ幼い董胡を見つめた。

「は、はいっ!!　座学は得意です。もっともっと勉強して医師の免状を取り、必ずレイシ様のお役に立てる者になれるよう精進致します！」

「わかりました。期待していますよ」

董胡はなにかとてつもない仕事を任されたような高揚感に胸が高鳴った。

そして女であることも忘れ、この時はすっかり医師免状が取れる気になっていた。

やがて大勢の従者たちは無駄な動き一つせずに粛々ともう一つの輿を運び込み、レイシを乗せた。そして呆然《ぼうぜん》と見守る董胡を残して、ため息が出るほど雅やかで麗しい光景の中、黒い煙が風に流れるように満月に向かって消えていってしまった。

驚いたことに卜殿も楊庵も、翠明の迎えに気付かなかった。

それどころか百人を超える迎えの行列だったというのに、村人の誰一人見た者はいなかった。噂の一つすら聞こえてこない。

そもそも『レイシ』という存在がいたことさえ夢だったような気がする。

あの方は本当に月に住む天人だったのかもしれないとも思った。

だが輿に乗る瞬間、レイシは董胡の方に振り向き、そっと頭を撫《な》でてくれた。

「すべてはそなたのおかげだ。ありがとう。きっと生き延びて迎えにくるからな。立派な薬膳師になり、うまい饅頭をまた作ってくれ」

董胡は黒水晶の宮から月を眺め、レイシに撫でられた頭にそっと触れた。

(ようやく医師の免状も取れたはずだったのに)

後は翠明の迎えを斗宿の治療院で待てばいいだけだった。レイシの役に立つ人間になりたいと、それだけを目標に頑張ってきたというのに。

楊庵は、高貴な方はもうそんな約束など忘れているに違いないと言った。確かにそれっきりレイシからも翠明からも連絡はなかったが、董胡は信じていた。

生きていれば必ず迎えに来てくれる。もしかしたら今日にも斗宿の治療院に迎えにきているかもしれない。そう考えると心が騒いだ。

帝《みかど》の后《きさき》などより、董胡はレイシの専属薬膳師になりたかったのだ。

四、即位・立后の式典

玄武の一の姫の輿入《こしい》れは盛大な大行列だった。

沿道は行列を見物するために集まった貴族の輿や、拝座で見送る民衆で溢《あふ》れていた。

玄武の色でもある黒の漆塗りの輿は、五色の飾り彫りで彩られ、屋根の四縁からは金糸の房が垂れている。八人もの従者で持ち上げられ、前後にはお付きの輿が二つと、近従たちが列をなしている。全部で二百人ほどもの大行列だ。

先頭は馬上の武人だったが、黒を薄めた灰色の袍《ほう》に五色の弓矢を背に負っている。五色彫りの大刀を佩《は》き、髪を一つにまとめ縦に長い冠をかぶって威厳を放っていた。その後ろはみな歩いていたが、さらに黒をうすめた武人服に身を包み、同じく弓矢と大刀を身につけている。全体に黒いが五色が混じっているので暗い感じは受けない。

黒が濃いほど位が高いようで、前後の輿は真ん中の輿より黒を薄めた灰色だ。

行列は黒と灰色の濃淡を作り、従者すらもその調和の一つになっている。

それはまるで絵巻物を見るような行列だった。

黒水晶の宮から真っ直ぐ延びた大通りは、皇帝の治める麒麟の都につながり、そのまま碁盤の目のようになった街並みの中心を突っ切って王宮に向かっている。

麒麟の都に住む民たちは、大歓声を上げて玄武の姫の輿を見送っていた。

董胡は輿に揺られながら、不思議な思いで御簾《みす》ごしに見える光景を見下ろす。

小さな輿の中は黒の表着を五色の熨斗目柄《のしめがら》で彩った見事な衣装が広がっていた。

亀甲《きっこう》模様の金糸刺繍《ししゅう》の帔帛《ひはく》と五衣《いつつぎぬ》の重ねが、真っ赤な帯垂れと共に幾重もの流線を描いて輿の中を埋め尽くし、身動きもとれない。

手には上半身を覆ってしまうほどの大きな飾り扇を持たされ、式典用に高く結った髪を飾る金細工の宝髻《ほうけい》からは、黒水晶の玉飾りが両脇に長く垂れてずっしりと重かった。

昨日までは王宮に入ったら一の后の立場を使って楊庵と卜殷の安全を確保し、すぐに逃げ出そうなどと考えていたが、この大衆の歓迎を見るにつけ、皇帝の后という責任の重さを感じてしまう。即席の后なれど、この大衆を裏切ってしまう後ろめたさがある。

(逃げるなら輿入れ前の今しかない？)

そんな心の声が聞こえてくる。だが、それも現実的ではない。

今、董胡が輿から飛び出て逃げ出したなら、楊庵は捕らえられ、卜殷先生には追っ手が放たれ、茶民や壇々や董胡付きとなった女孺たちも面目を失いどうなるか分からない。

身分があるということの重みを、董胡は歓迎する大衆を見てひしひしと実感していた。

朝早く出発した輿は、昼前に王宮の南にある殿上《てんじょう》広場に辿《たど》り着いた。

玄武、青龍、白虎、朱雀の四つの領地から輿に乗ってきた一の姫たちは、朱雀の領地に向いた殿上広場で重臣や民衆の見守る中、皇帝即位と立后の式典に出席する。

朱雀は芸術の都ゆえ、式典を彩る踊りや芸能に優れた者が多い。最も栄えているのは遊郭街だとも言われているが、国を挙げての大きな式典を担うのは朱雀の役人たちだった。

姫の乗った輿は、中央の長い大階段をのぼり、雲に届きそうな壇上の御座《みくら》に四つ並べられた。大階段の両脇には正装の重臣や官吏たちが階段下までずらりと並んでいる。

玄武公を始めとした四公も、大階段の最上段に左右に分かれて並んでいる。

董胡が御簾に顔を貼り付け下を覗《のぞ》き込むと、霞《かすみ》がかかりそうな山の上から見下ろすように豆粒のような大勢の人々が見えた。大階段の下は民衆が集まる広場になっていて、一目皇帝陛下の即位式を見ようと大勢の人々が集まっているらしい。

蟻のように見える人々は広場からはみ出して、碁盤の目に広がる街並みの通りまで埋め尽くしている。

(すごい……)

董胡はその光景を目の当たりにして息をのんだ。

平民育ちの董胡が想像していた輿入れの規模と違い過ぎた。

すべてが壮大すぎて、大げさすぎて頭がついていかない。

(大変なところに来てしまった)

あちこちに居並ぶ黄軍の兵士の数を考えてみても、董胡ごときが簡単に逃げ出せるようなところではなかった。

やがてドーンという大きな太鼓の音が響き、わああああという歓声が響き渡る。

どうやら姫たちの輿が並ぶ中央の一段高い高御座《たかみくら》に皇帝陛下の輿が到着したらしい。

(いよいよ皇帝陛下のお姿が拝見できる……)

平民だった頃は生涯の中で垣間見《かいまみ》ることさえあり得ないと思っていた方だ。

うつけなどという噂があったとしても、董胡にとっては雲の上の皇帝様だった。

(どんなお方だろう……)

今日から夫になる人という実感はない。大衆の一人としての野次馬的な興味だ。

「第十七代、伍尭國皇帝陛下のおなりでございます」

神祇院《じんぎいん》の神官が告げると、一斉に階段に並ぶ貴族たちと広場の民衆が地面に片膝《かたひざ》をつき、拝座の姿勢で頭《こうべ》を垂れた。

するすると皇帝の御簾が巻き上げられ、尊いお姿を現したようだが、神官以外は顔を伏せているため、見ることは出来ない。こっそり垣間見たとしても大衆からは豆粒ぐらいの大きさで顔の造作までは分からない。そして隣に輿を並べた董胡たち后にも姿は見えなかった。

(うそ……。見えない。どのようなお顔をなさっているのだろう……)

董胡は少しでも見えないものかと御簾の隙間から覗いてみたが、高御座の前を行き交う緋色《ひいろ》の袍を着た神官の姿しか見えなかった。

神器の承継と金銀の玉の下がった冕冠《べんかん》の戴冠《たいかん》、それから代々の皇帝に伝わる象牙《ぞうげ》の笏《しゃく》と玉璽《ぎょくじ》の承継。

神官の口上と共に儀式は粛々と行われているようだ。

帝自身は声を出すこともなく動く物音すら聞こえない。

やがて即位の儀式が終わり、后のお披露目にうつる。

「皇帝陛下の即位に際しまして、四公より一の姫様がお輿入れされます」

今度はするすると四姫の輿の御簾が巻き上がる。

董胡は慌てて脇に置いていた飾り扇を手に持ち、顔を隠した。

民衆はまだ拝座のままの姿勢のはずだが、おおっというどよめきが起こる。

もちろん豆粒ほどの大きさなのは皇帝と変わらないはずだが、煌《きら》びやかな扇の装飾と輿いっぱいに広がる着物の華やかさは遠くからでもきらめいて見えたのだろう。

董胡の広げ持つ扇には亀甲花菱《はなびし》の文様が五色で彩られ、孔雀《くじゃく》の羽根で縁取られている。

扇で隠しきれない着物は黒と紫が基本色だが、華やかな錦《にしき》の織襟と帔帛が幾重にも垂れて衣装を飾っているため、ため息がでるほど美しいうねりを見せているはずだ。

四人の姫には皇帝から黄玉の冠と緋色の襷襟《たすきえり》が贈呈される。

神官が帝から受け取り、それぞれの姫の前に捧《ささ》げ置く。

これにより董胡は玄武の一の姫として皇帝の妻となった。

堅苦しい儀式はここまでで、皇帝と后の御簾は胸元まで下ろされ、祝い酒と膳《ぜん》が運ばれてくる。

そして階段途中の踊り場の数か所に据えられた舞台で舞踊と雅楽が始まった。

華やかな踊り子たちが舞台の上でくるくると舞い、龍笛《りゅうてき》と笙《しょう》の音色が混じり合う。

鬼面の男が剣舞を踊り、鼓打ちが合いの手をいれて盛り上げる。

董胡には見るものも聞くものも初めてのものばかりで、夢のように時間が過ぎた。


「これより新たな皇帝陛下の先読みの御力を万民にお示しいただきます」

一段落ついたところで神官が告げた。

「先読みの御力？」

董胡の側にはいつの間にか茶民と壇々が控えていたので小声で尋ねた。

「麒麟のお力をお示しになるのでございますわ。慣例の儀式でございます！」

「代々の皇帝陛下は、民衆に見事に先読みの御力をお示しになったとか……」

階段の中間あたりにある踊り場に弓矢の的が据え付けられる。全部で五つの的がこちらに向いていた。それぞれ一から五まで数字が大きく書かれている。

そして帝《みかど》の前に大きな飾り弓を背負った正装の男が進み出る。

どうやら帝の前の壇上から、階段下の踊り場に向かって弓を放つらしい。

「一から五までのどの的に当たるのか予言するのでございます」

茶民が小声で教えてくれる。

「どの的にも当たらなかったらどうするの？」

「それも何代か前の皇帝陛下は当てたそうでございますわ。天のお力でございますもの」

「帝は神様より天術を授かっておいでですから、外れることはございませんのよ」

茶民も壇々も自信たっぷりに言う。

董胡も素直に二人の言葉を信じた。うつけの噂があったとしても、麒麟の血筋には違いない。即位の場でこうして大衆に麒麟の力を示して民の信頼を得れば、多少の悪い噂も払拭《ふっしょく》されるだろうと思った。

やがて皇帝が先読みで視えた的の数字を紙に書き、神官が受け取る。

そして大衆が見守る中、正装の弓師が大きく弓を引いた。

ドンッという大きな音がして、弓は二の的のど真ん中に突き刺さった。

大衆がシンと見つめる中、神官が皇帝の書いた紙を広げて掲げ見せる。

本来なら「おお〜っ！」という歓声が上がるはずが、ざわざわと貴族たちが顔を見合わせているのが見えた。

「どうしたの？　何と書いてあったの？」

董胡からは紙の文字がよく見えず、首を伸ばして覗き見ている壇々に尋ねた。

「ま、まあ……。なんということでしょう……。四と書いてありますわ」

「なんて不吉な……。外れるなんて聞いたことがありませんわ！」

どうやら帝は先読みを外したらしい。

ざわつく中で慣例の通り、続けて三度の先読みが行われた。

されど三回とも帝は先読みを外してしまった。

「恐ろしや。やはり帝がうつけ者だという噂は本当なのでは……」

「しっ！　壇々、声が大きいったら。聞こえたらどうするのよ」

茶民と壇々が動揺しているが、他の后たちも同じように驚いたらしく、侍女達とこそこそ言い合っているようだ。

階段の横に居並ぶ貴族たちも気まずそうに顔を見合わせ、広場に集まる民衆も騒然としていた。こんなことは初めてらしい。

「不躾《ぶしつけ》ながら、やはり麒麟のお力がどんどん薄れているというのは本当ですのね」

「神のご加護がなくなるということなの？　伍尭國はどうなるのかしら……」

神の加護があってこその皇帝であり、麒麟だった。

それをこの即位の場で示せなかった皇帝の先行きは不安しかない。

（どうやら本当にうつけ者の帝らしい）

后として添い遂げる気などはなからない董胡にとっては、うつけであったところで絶望するわけではない。むしろ妙な能力を持つ切れ者の帝より、うつけぐらいの方が隙が出来て逃げ出すには容易かもしれない。でも……。

董胡は何か大きな不幸の渦に飲まれていくような不安を、漠然と感じていた。

五、皇帝、黎司

伍尭國の中心に位置する麒麟の都は、碁盤の目のように均等に区画整備された美しい街だ。その中心に国の統治組織を兼ね備えた広い王宮があり、その真ん中にある皇帝の住まいを特に区別して皇宮と呼んでいる。

皇宮は遠くから見ると金色に輝く円錐《えんすい》形の末広がりな五重塔のように見えた。

最上部には巨大な黄玉の輝石が奉納されている。

その下の階は開祖、創司《そうし》帝が祀《まつ》られ、禁書、秘宝などが納められている。さらに下の階は代々の皇帝の遺骨とその遺品が納められ、帝が祈りを捧げる祈禱《きとう》殿がある。

その下、二階部分が帝の居室で、一階には政務を執り行う殿上院《てんじょういん》と謁見の間、宴《うたげ》の間、禊《みそぎ》を行う水殿などがある。

殿上院は麒麟皇家と二院八局の重臣だけが立ち入ることの出来る国の中枢だ。

その帝の住む塔の回廊を挟んだ外周に皇子たちの住まいと、御内庭、茶室、神官の執務室などが並ぶ。

皇子たちの住まいの外周には池や太鼓橋が彩る広い庭園があり、背の高い植え込みがぐるりと囲んでいる。ここまでが皇宮と呼ばれている場所だった。

その植え込みの先の四方に、后たちの住まいが離宮のように建てられている。

后の住まいの外には内濠《うちぼり》があり、橋を渡った外側に国の様々な仕事を担う八局の官舎が四角形を作るように配置されていた。八局の官舎の外周には大河ほどの幅の外濠があり、これらを含めた全体を人々は王宮と呼んでいた。


その皇宮の中心にレイシはいた。

先の皇帝、孝司《こうし》帝の嫡男。つまり現皇帝、黎司《れいし》帝であった。

もっとも、黎司の名は麒麟皇家と神官の一部しか知らない。皇帝の名はその文字自体に霊力が備わるため、死して初めて大衆に知らされるのが習わしだった。

「相変わらず、まずいな」

黎司は箸《はし》を置き、小さくため息をついた。

目の前には五十を超える皿に盛られた料理の数々が並ぶ。

周りには毒見や配膳係の宮女や侍女たちが甲斐甲斐《かいがい》しく世話をしていた。

そして料理の向こうには、拝座した翠明がいた。

「体にいいものよりも美味《うま》いものが食べたいのだ、翠明」

普段着の黎司は、長い髪を背中で結わえ房の長い組み紐《ひも》で結び、鼓刺繍《つづみししゅう》の黄色い袍《ほう》を着て、袖《そで》ぐりを五色編みの組み紐で飾っている。そして脇息《きょうそく》に肘《ひじ》を預け、膳を下げろと手で合図した。

「陛下、そのように食が細いゆえに、わずかの食事に少しでも栄養をと思い薬効の高いものばかりになってしまうのでございます。もう少し食べて下さいませ」

「唐芋の饅頭《まんじゅう》を作ってくれ。熱々の出来立てだ。それなら食べよう」

「先日作ったではありませんか。陛下のお申し付け通りに唐芋を甘辛く味付けして蒸し上げました。でも一口しかお召し上がりになりませんでした」

「あれは私が頼んだ饅頭ではない。董胡が作った饅頭はもっと美味かったのだ」

翠明は笑った目のまま肩をすくめた。

「では董胡をここに召しましょう。約束通り、しかるべき立場になられたのです」

「しかるべき立場か……」

実は黎司は五年前、卜殷とひそかに約したことがあった。

卜殷はおそらく黎司の正体に薄々感づいていたのだろうと思う。

董胡が饅頭を作っている間に、卜殷は黎司の前にひれ伏して頼んだのだ。

「どうか元の場所に帰られたら、もう董胡に関わらないで下さい」

黎司は戻ったら礼をしたいと言った。金子《きんす》と質のいい絹を贈ろうと。

だが卜殷は董胡のためと思うならやめてくれと頼んだ。手紙なども一切送ってくれるなと。だが黎司は、董胡を薬膳《やくぜん》師として召し抱える約束をしたのだと言った。

卜殷は少し考え込んだあと、それなら董胡が何者であっても守り切れる、しかるべき地位を得てからにしてくれと答えた。

「何者とは？」

黎司は尋ねたが、卜殷はそれ以上のことを答えることはなかった。


宮女たちが料理を下げて二人きりになると、黎司は翠明に尋ねた。

「翠明、私は真の皇帝になれると思うか？」

「すでに即位され皇帝になられているではありませんか」

「そうではない。真の皇帝だ。開祖、創司帝が築いたこの国は、世代を変えるごとに力を失い、血脈は乱れ、皇帝が皇帝たる所以《ゆえん》をなくしつつある。父、孝司帝は、ついにその力を生涯使うことはなかった。麒麟とは名ばかりの虚《むな》しい帝《みかど》であった」

麒麟とは、伍尭國では天術を司《つかさど》る血筋を意味する。

創司帝がなぜこれほど強大な皇国を作ることが出来たのかというと、先読みの力が優れていたからに他ならない。代々、皇帝の血を引く者には先読みの力が備わっていた。

とりわけ創司帝は日々禊をして儀式を行い、多くの先読みを告げたと伝えられている。

だが時代が下り、血を濃くするために近親婚を重ねた結果、むしろ病弱になり先読みの力が消えていくという皮肉な結果となった。

むしろ外戚《がいせき》の中に先読みの力を持つ者が現れ始めた。

ようやく数代前に近親婚をやめ、玄武、青龍、朱雀、白虎の四領地から后《きさき》を迎えるようになり、ぎりぎりのところで血を途絶えさせることなく血脈が続いているが、先代までは病弱な皇帝であった。黎司の代になってようやく健康な男児二人に恵まれたのだ。

だが先読みの力がどの程度あるのかは不透明だった。

黎司にも、他者（主に翠明）との共鳴など僅《わず》かに力の発現はあるものの、今のところあまり期待できるものではなかった。

麒麟の力をなくした皇帝は名ばかりのお飾りになりつつあった。

「即位式の茶番劇で大衆に力を示すぐらいしか出来ぬ哀れな皇帝だ」

即位式の的当ての儀式は、すでに何代も前から仕組まれた捏造《ねつぞう》儀式であった。

「その茶番劇すら演じられなくなった皇帝に誰が従うというのか」

黎司は自らを嘲《あざけ》るように、ふ……と笑った。

「おそらく玄武公が謀ったのでございましょう。弓師は青龍の者でございましたが、共謀したのか、それとも違う数字を射貫《いぬ》くように示されたのか……」

皇帝が紙に書いた数字と同じ的を射貫くように、神官から弓師へ伝わるはずだった。そのどこかに裏切り者がいたのだ。もしかしたら全員が共謀しているのかもしれない。

「貴族の間では、弟宮様が儀式の前に的の数字を予言していたという噂が流れております。弟宮様の方が皇帝に相応《ふさわ》しいという風評を作りたいのでしょう。この流れを考えてみても、黒幕は玄武公に間違いございません」

三歳下の弟、翔司《しょうし》皇子の母は玄武出身の前皇帝の一の后だ。玄武公の妹でもある。しかも翔司皇子と玄武公の娘が幼い頃から懇意であるのは誰もが知っている。

「玄武公はなんとしても私の治世を早急に終わらせたいようだ」

一方の黎司は、朱雀の一の后の子であったが、すでに母は亡くなっている。しかもその後、朱雀公の血筋が途絶え、現在、黎司の母の家系は主流ではなくなってしまっている。

つまり黎司には強い後見もなく、誰にも望まれない皇帝であった。日ごと発言力を増す玄武公などには、堂々と毒入り饅頭を贈られるほど舐《な》められていた。

「此度輿入《こたびこしい》れした玄武の一の后は、翔司と懇意の姫君ではないようだな。いったいどこの馬の骨を一の后に仕立てたのだ？　私の寝首を掻《か》くように命じられた暗殺者か？　ふん！　誰がそんな女のところに行くものか」

「されど四公から嫁がれた一の后様には『初見え』の儀式がございます。必ず一度は訪ねなければなりません。その後も月に一度は顔見せする習わしでございます」

「その儀式は私の代で廃止の詔《みことのり》を出す。他の三公の后にしても、どうせ次の翔司に本命を当てるつもりで適当な女を嫁がせてきたに違いない。あるいは全員が私の命を狙う暗殺者かもしれん。私は誰にも心を許すつもりなどない」

「もちろん警戒は必要でございますが……その詔は簡単に議会を通らないでしょう」

四公も参上する殿上院の議会は、もはや帝の一存では何も決められない。最大の権力者は玄武公だと言われている。先帝はその玄武公の言いなりだったので議会が揉《も》めることはなかったが、この先は一筋縄ではいかないだろうと翠明は思っていた。

先帝の時代に好き放題に出された詔は、四公の利権を守るものばかりで民衆を逼迫《ひっぱく》させていた。中でも玄武と白虎の地は汚職と腐敗にまみれていると翠明の耳に入っている。

黎司がその実態を深く知るようになれば、きっと見過ごすことができないだろう。

「父上のように生きることができれば、幸せだったのかもしれぬな」

黎司はため息をつきながら呟《つぶや》いた。

病弱で気の弱い父は、玄武公の言う通りに生きる道を選んだ。玄武公が右だと言えば右に進み、左だと言えば左に進む。黎司は愚鈍で欲深いうつけ者だと聞けばそれを信じ、翔司は聡明《そうめい》で慈悲深いと聞けばそれを信じた。結果、父は黎司を常に冷遇してきた。

「巷《ちまた》の噂では、私は気分屋で気に入らぬと宮女を次々斬り捨てる凶悪な男らしいぞ」

「玄武公が広めた噂でございましょう。確かに毒見の女官《にょかん》は大勢死にましたが」

その毒を盛ったのは、証拠こそないものの玄武公に違いない。

先読みではないが異能を持つ翠明がいなければ、とっくに暗殺されていたことだろう。

翠明のように、麒麟の血筋を引く神官の中には不思議な力を持つ者がいる。

翠明の場合は病気や怪我を癒《いや》す力があり、万能ではないが式神を操ることもできた。

「玄武が医術を司るように、青龍が武術を、白虎が商術を、朱雀が芸術を司る。その四公をまとめる麒麟は、天術を司らねば意味がない。天に見捨てられた皇帝など、四公の傀儡《かいらい》になるしかない。言いなりになる傀儡でないなら、切り捨てられるのみだ」

黎司は半分投げやりになりながら呟いた。

「天は陛下を見捨ててなどおりません。私が思いますに、食の偏りが先読みの力を弱めているのではないかと。正しい食事をすれば本来お持ちの力が整うのではございませんか？」

翠明には黎司の本来の力はこんなものではないという根拠のない自信があった。

「そなたは土を食ろうたことはあるか？」

「は？　土でございますか？」

突然妙なことを尋ねられて、翠明は首を傾げた。

「私にとって食事とは土を食らうようなものなのだ。口内は異物を詰め込んだように不快で、喉《のど》は呑《の》み込むことを拒絶し、呑み込んだ先から吐き気が襲ってくる。食べたくとも体中が拒否するのだ」

疑いようもなく拒食の症状だった。

「五年前、董胡が作ってくれた食事だけが、私にとっては食べ物であった。不思議に喉ごしが良く、苦も無く食べることができた」

五年前、黎司の暗殺がどうにもうまくいかない玄武公は、業を煮やしついに食が細く虚弱な皇太子を玄武の離宮で静養させてはどうかと帝に伺いを立てた。玄武公を信じ切っている父帝は、それは良いと黎司に玄武行きを命じた。もはや殺されに行くようなものだった。

ここまでであったかと諦《あきら》めかけた黎司だったが、まんまと殺されに行くことをどうしても受け入れられなかった。そして離宮への道中で、決死の逃亡をはかったのだ。

あの時、命からがら逃げながら一筋の光が見えたような気がした。うつろになる意識の中でその光を目指し、そこに董胡がいた。董胡に出会って、黎司の運命は変わったのだ。

なにもかもどうでもいいと思っていた黎司は、なにがあっても生き抜くと決めた。

ただの饅頭《まんじゆう》作りが得意な平民の少年というだけではない。董胡は黎司に生きる意味をくれた。董胡が作る饅頭も恋しいが、それ以上に董胡という存在に意味があった。

誰もが伍尭國の民のために生きよと迫る中、董胡だけは自分のために生きてくれと言った。皇太子という肩書きだけが一人歩きをして、個としての黎司はずっとなおざりにされてきた。あるかないかも分からない麒麟の力を求められ、それがなければこの命に生きる意味はないかのように感じていた。

だが董胡は最初から個としての黎司だけを見て、必要としてくれた。

薬膳《やくぜん》師を目指す少年の夢を叶《かな》える。そのささやかな約束が、個人としての黎司が生きる唯一の意味だったのだ。

そうしてこの五年、まさに土を噛《か》むような覚悟で命をつないできた。

だが、それもそろそろ限界にきているのだと翠明は感じていた。

「陛下、やはり董胡を呼び寄せましょう。実は先日、麒麟寮の密偵から知らせが参りました」

翠明はこの五年、密《ひそ》かに董胡のそばに密偵を置き、様子を探らせていた。
表立って動くことは黎司から禁じられていたが、いつでも召し出せるようにしていた。
「非常に優秀な学生で、すでに医師試験を受けたようでございます。その者が言うには
たぶん合格するだろうと。正式な医師資格を持つのであれば、王宮に召し出すことも道
理の通ったものとなるでしょう」
「董胡が医師に？」
黎司は驚くと共に考え込むように俯《うつむ》いた。
「何をお迷いでございますか。平民の董胡をいきなり陛下の専属薬膳師にするのは無理
がございますが、しかるべき貴族の養子に取り立てて身分を付けさせるという方法もご
ざいます。皇帝の直轄である麒麟寮の医師なら、玄武公に伺いをたてる必要もありませ
ん。まずは王宮にお召しになればよいのです」
「それではだめなのだ。私は董胡と、平民であっても平等に夢を叶えられる世を作ると
約束したのだ。貴族の養子にしたのでは、ただの権力の乱用でしかない」
「無茶です。そんなことを言っていてはいつまでたっても董胡を薬膳師に迎えることな
どできません。その約束はもういいではありませんか」
翠明は焦っていた。このままでは黎司の拒食は取り返しのつかないところまで進行し
てしまう。一刻も早く董胡の料理を黎司に食べさせたかった。
「董胡は約束通り医師の免状を手にしたというのに、私は五年経っても不甲斐《ふがい》ないまま

だ。権力の渦に呑まれ、何も出来ぬままに食事すらまともに出来ない私を見て、董胡はさぞがっかりすることだろう」

玄武公の言いなりの父が皇帝である限り、結局何も変えることは出来なかった。

黎司が即位して、これからようやく改革を始めようというところだ。

父帝は翔司を可愛がり、黎司に良い思い出など何一つ残してはくれなかったが、最後に一つだけ良い行いをした。玄武公が死の際にある皇帝になんとか『天術の使えぬ皇太子を廃し翔司を皇太子にする』という詔を出させようと画策していたが、間に合わぬままに急逝したことだ。思いのほか父帝の寿命が短かったことは、玄武公の最大の誤算だったに違いない。

黎司の反撃は、ようやく権力を持ったこれからなのだ。今はまだ歴代最弱の皇帝だ。

「なぜだろう。私は董胡にだけは情けない自分を見せたくないのだ。新たな世を作る、立派な皇帝である自分を見せたかったのだ」

「一介の医学生である董胡になにゆえ虚勢を張るのでございますか」

翠明は苦笑した。

「国中の民にうつけの皇帝と嗤《わら》われても平気だが、董胡にだけは惨めな私を見せたくない。最高の自分で再会したかったのだ」

黎司は、あの時初めて誰かの役に立ちたいと思った。

誰かを幸せにできる自分。そこに生きる希望を見つけたのだ。

だが、今の黎司では董胡を幸せにするどころか、危険にさらすだけのような気がする。

こんな自分のままで会いたくなかった。全然本意ではない。

「では今しばらくは陛下の存在は隠したまま王宮の医官として召し出してはいかがでしょうか？　董胡も王宮内の人脈を作った方が今後仕事をしやすいでしょう」

「うむ。そうだな。それはいいかもしれない」

「そして頃合いを見て、私が董胡の前に現れ『レイシ様』に饅頭を作るように頼んでみましょう」

「レイシ様か。董胡は覚えてくれているだろうか」

「もちろんでございます。麒麟寮でも薬膳に力を入れて勉強していたと聞いております」

董胡の饅頭を思い出すと力が湧いてきた。

「ならば、玄武公の謀《はかりごと》に腐っている場合ではないな」

玄武公が一刻も早く黎司を皇帝の座から引きずり下ろしたいのは分かっている。黎司が翠明と離れ、おそらく最も油断するであろう一の后宮《きさきぐう》で何かを企《たくら》んでいるはずだ。

黎司も翠明も、玄武の一の后を最も警戒していた。

その一の后が董胡その人であり、すでに王宮にいることなど、二人はもちろんこの時気付いてもいなかった。

六、后の宮の御膳所

董胡が后宮に入って三日が経ったが、驚くほど暇だった。

医生として勉学に励んでいた頃は寝る間もないほど忙しかったし、黒水晶の宮にいる間も貴族の姫君の作法やら輿入れ《こしい》の手順など覚えることが山のようにあって忙しかった。

后宮に入って最初の一日は見るものすべてが珍しく退屈しなかったが、三日目にして飽きた。なにせ一の后という身分の姫君の行動範囲というのは呆《あき》れるほど狭いのだ。

寝所で着替えたり化粧をしたりする以外のほとんどの時間を御簾《みす》の中で過ごし、他には湯殿や厠《かわや》にいく時ぐらいしか部屋の外に出ることはできない。部屋を出る時は侍女二人が扇で顔を隠し、中庭の景色すらまともに見ていない。幼い頃からこういう暮らしに慣れている姫君なら平気だろうが、董胡には耐えられなかった。しかも。

「王宮などと言うからどんな御馳走《ごちそう》が出るかと思ったけど、あまり美味《おい》しくないね」

董胡は御簾の中で目の前に並ぶ料理を見てため息をついた。

素材は確かに豪華だ。庶民には手が出ないような珍しい魚介や猪肉などもある。

だが味付けがひどい。どこぞの薬膳博士だかが、濃い味付けは寿命を縮めるなどと言ったらしく、すべてが味気ない。素材の味を大事にするにも程がある。料理というものは、食べるものが美味しいと幸せを感じてこそ血肉となって体を整えるのだと董胡は思っている。

この味気ない料理を日々食べて長生きすることが誰の幸せになるというのか。

「鼓濤様！　不躾《ぶしつけ》ながらその言葉遣いを直して下さいませ。ここは王宮でございますよ」

「従者に話すにしても、身分のある姫君はそのような話し方などしませんわ……」

「誰かが聞いていたらどうなさいますか！　素性を疑われて探られでもしたら……」

「い、いえ。鼓濤様は間違いなく玄武の一の姫様でございましょうけど……」

そう言っている本人たちが一番疑っている。

二人の侍女は御簾の中に入り込んで毒見と称してご相伴《しょうばん》にあずかっていた。

黒水晶の宮で少し打ち解けたかに見えた侍女たちだったが、華蘭から董胡が玄武公の本当の娘ではないかもしれないと聞いてから、いよいよ主従関係が崩壊しつつある。

母だという濤麗という女性の身分や浮気相手の身分によっては、董胡より侍女二人の方が血筋が正しいかもしれないのだ。敬えという方が無理だろう。

その上、王宮の后宮では鼓濤付きの侍女として権威をふるえるものと思っていたのに、この宮には皇太后も暮らしていた。

皇太后とは先帝の皇后のことだ。

本来は現皇帝の母がなるべきものであるが、ずいぶん前に亡くなったらしい。

　そういう場合は空席となることも多いのだが、あまりに若くして亡くなったため、弟宮の母である玄武からの一の后が皇后となり、現皇帝の即位と共に皇太后となった。

先帝の子を持つ后たちは、帝《みかど》の死後も王宮内に残ることが多い。その扱いは后の身分によって様々だが、たいていは二の后宮か、三の后宮に入ることとなる。

四公の后宮は、それぞれ敷地内に少しずつ規模を小さくして三つの后宮が建っている。

この玄武の后宮には二の后宮に皇太后が住んでいるのだ。

二人の話によると、その侍女たちに軽んじられ、ずいぶん意地悪をされているらしい。

董胡はほとんど部屋から出ないため分からないが、侍女同士や女嬬同士は顔を合わせる場面も多く、思っていたほど居心地のいい場所ではなかったようだ。

そしてそのように軽んじられるのは、すべて董胡の素性が怪しいせいだと不満に思っているのが言葉の端々に感じられた。

「でも確かにお味は黒水晶の宮の方が美味しかったですわね」

「私は美味しいですわ。食べないなら私が頂きますわ」

いずれ逃げ出そうと思っている董胡にとっては、どう思われようと別に問題ではないが、二人をどんな形であれ味方につけておいた方が得策には違いない。

　そして董胡が持つ武器といえばこれしかない。

「ねえ、この后宮には御膳所《ごぜんしょ》もあるよね？　そこで蒸し饅頭《まんじゅう》を作りたいのだけど」

董胡は二人に言ってみた。だが……。

「まあ！　そんなこと無理に決まっていますわ！　やめてくださいませ！」

「帝の后が御膳所に立つだなんて……聞いたことがありませんわ」

二人はますます軽蔑《けいべつ》するように呆れた顔で猛反対した。

「迂闊《うかつ》なことをして鼓濤様の素性がばれたら。あ、いえ、お館《やかた》様のお子じゃないと疑っているわけではございませんけど。ええ、華蘭様の意地悪な戯言《ざれごと》に決まってますけど」

茶民はもうほぼ確定的だと思っているようだ。

「二人が人払いをしていれば誰にも見つからないよ。大丈夫だって」

幸いというか、董胡の付き人として王宮に入ることを玄武の姫君たちは強固に断ったため、この一の后宮は極端に人が少ないらしい。その証拠に、いまだに一の后宮を取り仕切る侍女頭すら決まっていないのだ。

宮の主《あるじ》である董胡には、最大百人まで従者を召し出すことのできる木札が渡されたが、今のところ余りに余って山積みになっている。

「あの……鼓濤様の作る蒸し饅頭は、そんなに美味しいのでございますか？」

食いしん坊の壇々は、少し心が動いているらしい。

「もちろんだよ。壇々が今まで食べた中で一番美味しい饅頭を作ってあげるよ」

まだ十三歳の壇々はごくりと唾《つば》を呑《の》み込んだ。

「もう、壇々ったら！　鼓濤様の口車に乗せられないでちょうだい！」

「茶民。私の蒸し饅頭はきっと高値で売れるよ。そのうち宮に行列ができるよ」

「…………」

小銭を稼ぐのが生き甲斐《がい》の茶民も少し心が動いたようだ。

「し、仕方がないですわね。絶対に見つからないようにしてくださいませね！　それなら……協力してもいいですわ」

后宮の御膳所は、王宮の宮内《くない》局にある大膳《だいぜん》寮で作られた料理を受け取り、女孀が后用の膳に盛り付けるのが主な使い途《みち》の場所で、他には簡単な飲茶《やむちゃ》菓子や飲み物などを后の要望に合わせて作るためにある小規模なものだ。

だが、董胡が斗宿の治療院で使っていた台所よりも竈《かまど》が大きく、広い配膳台があって使いやすそうだ。据え付けの棚には蒸し器や鍋《なべ》、粉類、調味料なども一通りそろっていて董胡は目を輝かせた。

「すごい！　檜《ひのき》のせいろだよ。檜は香りもよくて縁《ふち》が厚いから蒸し物が美味しくできるんだ。丈夫で一生ものだから大地主のお嬢さんが嫁入り道具に持っていったりする」

貧しい治療院の董胡には一生買えない高級品だった。

「お茶は数種類あるね。わ、見て！　丁香《ちょうこう》があるよ。お金持ちは茶に香りを移して飲むらしいんだ。ふーん、こんな香りだったんだ」

董胡は名札をつけて並んだ茶筒を片っ端から嗅《か》いでまわった。

二人の侍女はその様子を呆れたように見ている。

「山椒《さんしょう》に八角まである。これだけの調味料があれば何でも作れるよ」

ただし食材は前もって御用聞きに注文しなければならないので、今日は大膳寮が提供した料理を使いまわすしかない。

「薄味だったのが幸いだったよ。壇々には黒豆の甘い饅頭がいいと思うよ。鍋でもう一度甘く煮てすり潰《つぶ》す。そういえば栗があったね。栗を入れて粉を練った皮で包むと、きっと気に入るはずだよ。茶民には鴨肉を細かく刻んで煮芋と混ぜ合わせる。それから蕃《ばん》椒《しょう》をたっぷり入れるといいね。蕃椒は辛味の調味料なんだ。他の人が食べると口から火が出る辛さだけど、茶民には丁度いいと思うよ」

二人の背後に見える色もあるが、この数日の食事で好みはすっかり把握していた。

蒸し器に入れて饅頭を蒸す間に、出された料理を味付けし直す。濃い味をつけられてしまうと直しようがないが、薄味のおかげでどんな味付けにも変更可能だ。

「さあ、召し上がれ」

こそこそと御簾の中に料理を運んで、改めて三人で夕餉《ゆうげ》を囲んだ。

茶民と壇々は恐る恐る蒸し饅頭を手に取り、ぱくりと頬張った。そして。

「!!」

二人は驚いたように目を見合わせた。

「お、美味《おい》しい……。信じられないぐらい美味しいですわ、鼓濤様！　黒豆と栗が口の中で絡み合って、とろけるようですわ！　こんな美味しい饅頭は初めて食べました」

まず壇々が叫んだ。そして茶民も。

「美味しい……。私はその……家では偏食だと心配されるほどの辛味好きでして……。いつもこっそり唐辛子をかけて食べていたのですが、黒水晶の宮仕えになってからはそれも出来なくなって……。こんなに美味しい食べ物は久しぶりです！」

意外にも茶民の方が涙を流して喜んでいる。

「まあ！　この山菜も食べてごらんなさいな、茶民。さっきよりずっと味がしっかりして美味しいですわ。お汁も味に深みが増したようです」

山菜にはほんの少しゴマ油をかけた。汁には馬刀貝《まてがい》の酒蒸しを入れて味噌《みそ》で味をつけ直した。素材の味だけの料理は若い茶民や壇々には渋すぎる。ほんのひと工夫で、ぐっと食べやすくなるのだ。

「味付け一つでこんなに変わるものですの？　信じられない。このお料理が毎日食べられるなら、皇太后様の侍女たちが少しばかり意地悪しても、私、我慢しますわ！」

食いしん坊の壇々は王宮に来て以来の上機嫌でぱくぱくと食べ続けている。

「まったく。壇々は美味しいものさえあれば満足なんでしょ？　でも……まあ……私も久しぶりに心から美味しいと思ったわ。美味しいと感じることって、思った以上に心を満たしてくれるものなのね」

食の細い茶民も、珍しく箸《はし》がすすんでいる。

董胡は心のなかで「よしっ！」と拳《こぶし》を握りしめた。レイシと出会った時を思い出す。

どれほど敵意を持たれていたとしても、董胡が胃袋さえ摑《つか》んでしまえば心を開いてもらうのは容易だった。あとは日々の積み重ねで信頼へと変わる。

「大膳寮から運ばれてきた料理は、今度からはそのまま御膳所に置いておくように女孺に言っておいてよ。私が手を加えて料理するから。どうせすることもなくて暇なんだし」

「暇だなんて鼓濤様ったら！　これから陛下が通ってこられるようになれば忙しくなりますわ。陛下のお好みの着物やお化粧を考えたり、陛下をもてなすために部屋に花を飾ったり、いろいろ知恵を絞らねばなりませんし」

「なんでも一の后《きさき》様なら宮内局に申し付けて新しい着物を作らせたり……大蔵《おおくら》局の宝物《ほうもつ》殿から高価な宝飾を借りたり……治《じ》部《ぶ》局で雅楽の催しを頼んだりできるそうですわ。お化粧品なども最高の物を注文できますのよ。さっそく頼みましょうよ、鼓濤様」

茶民と壇々はとげとげしさもなくなって、少し侍女としてやる気になったようだ。

「そういえば宝物殿には秘宝と言われている黄翡翠《きひすい》の姫冠《ひめかんむり》があるそうですわ！　お后様ならお借りできるのかしら。見てみたいですわ！」

「王宮には真珠の粉が入った白粉《おしろい》もあるんですって。高価なもので華蘭様でもなかなか手に入らないとおっしゃっていました。一の后様ならもらえますかしら」

二人は若い女性らしい興味が尽きない。

だが董胡はすっかり気が重くなっていた。

「その陛下のお見えを避けることはできないかな」

　菫胡の言葉に二人の侍女は呆気《あっけ》にとられた顔をした。

「まあ！　何をおっしゃいますの？　后様はみんな少しでも多く陛下に通っていただこうと努力するものでございますのに」

「そうですわ。それに一の后様には『初見え』の儀式がございますので立后から十日のうちに必ずお越しになるはずでございます。避けることなど叶《かな》いませんわ」

　菫胡はなによりそれが一番恐ろしかった。

「私はつい先日まで男として生きていくと決めてたんだよ。とても受け入れられる気がしない。陛下であっても無体なことをすれば、投げ飛ばしてしまうかもしれない」

「な、な、なんてことをおっしゃいますか！　やめてくださいませ」

「陛下を投げ飛ばすお后様なんて聞いたこともございませんわ」

「陛下にお怪我でもさせたら一の后様といえども死罪でございますわ！」

「我ら侍女も同罪で牢屋《ろうや》に入れられてしまいますわ。なんと恐ろしい……」

　二人は矢のように言い立てた。

「でも無理なんだ。陛下が噂通りのうつけかどうかなんて関係ない。無理なんだ」

　いまだ恋も知らない。麒麟寮の医生仲間は友人であって異性だと意識したこともない。唯一、恋に近い憧《あこが》れを抱いた男性がいるとしたならレイシぐらいだ。

　菫胡は頭を抱えた。

　できれば初見えの前にこの宮から逃亡したいが、思った以上に行動範囲が狭く、卜殿や楊庵を逃がす方法も見つからない。そもそも何重もの警備で、董胡ごときが易々と脱出できそうにもなかった。

一の后という権力はあれども、王宮内を行き来する自由はない。誤算だらけだった。

「で、では、あまりお勧めはしませんけれども陛下を投げ飛ばすぐらいなら、一つだけ手立てがございますわ！　鼓濤様」

「手立て？」

「はい。月のものがきたとおっしゃるのです！　陛下が御簾《みす》に入ろうとなさったら、そう言ってお謝りになるのでございますわ」

「そ、そうですわ。貴族の殿方は血の穢《けが》れを嫌いますから……普通の方なら御簾ごしにお話しするだけで帰っていかれますでしょう」

「なるほど。その手があったね」

気付かなかった。男として生きる気持ちであった董胡は、十七になっても月のものは数えるほどしかきていなかった。気持ちが体に影響するのか、痩《や》せ気味なのが関係しているのか、ともかく董胡にとってはこない方が都合が良かったので気にしていなかった。

「ただし、うつけとの噂が本当なら、そう言ってもお構いなしかもしれませんけど……」

「考えたくないよ。そうなったらいよいよ投げ飛ばすしかない」

「もう、やめてくださいまし！　鼓濤様」

「本当に問題ばかりで先が思いやられますわ……ああ恐ろしや」

二人は大きなため息をついた。

「問題ばかりって？　他にもなにかあるの？」

「皇太后様へのご挨拶《あいさつ》ですわ。本当は宮に入って一番にするべきでございますのに」

身分としては皇太后が上になるが、皇帝の通われる一の后宮を董胡に明け渡して二の后宮に入られている。当然、真っ先にご挨拶に行かねばならない。

「拝謁伺いの手紙は渡したのでしょう？」

董胡も教えられた手順通りに、皇太后にご挨拶の手紙を書いた。

「ええ。もちろんでございますわ！　宮に入ってすぐにあちらの侍女に渡しましたわ」

「でもいまだにお返事がきませんの……」

「不躾《ぶしつけ》ながら、鼓濤様のご素性をご存じで、お后様として認めないおつもりなのかも」

「華蘭様をずいぶん可愛がっておいでだそうですから、鼓濤様が気に入らないのですわ」

それならそれで、董胡としては堅苦しい挨拶をしなくていいから助かるのだが。

「皇太后様の侍女も、みんなつんけんしていて本当に嫌になりますわ！」

「私たちを無視して馬鹿にしたいのですわ……」

「分からないことを尋ねても答えて下さいませんし！」

「鼓濤様のお手紙を渡した時も、汚いものでも触るように指でつまみ上げて……」

「それなのに、ねえ！」

「ええ、本当に……」

茶民と壇々は顔を見合わせて頷《うなず》き合った。

「なにかあったの？」

「大朝会《だいちょうかい》でございますわ！」

「大朝会？」

菫胡は茶民に聞き返した。

「王宮内の女官頭《にょかんがしら》や侍女頭が七曜《しちよう》に一度集まって朝会を開くのですわ！　王宮は何十名も集う大朝会と聞いております。帝《みかど》に仕える高級女官などもいて、想像しただけでも恐ろしい集会でございますわ」

「過去には皇帝の寵《ちょう》を争って、侍女同士の暗殺もあったと聞いています。恐ろしや」

皇帝の寵が深ければ、主人も自分たちも立場が強くなるのだろう。確かに考えただけでもめんどうくさそうな集会だ。

「そこに一の后様付きの侍女の私たちが出席しろと言われたのですわ！」

「今までは皇太后様付きの侍女頭のお偉い方が行っていましたのに……」

「一の后様の侍女が宮の代表だからって言うのです！」

その大朝会というのが、どんな顔ぶれなのか分からないが、きっと后になってもおかしくないような身分の姫君たちが気位の高さを張り合うような場所に違いない。

「鼓濤様の侍女頭はまだ決まってないからとお断りしましたのに……」

「そんなことは知らないと突っぱねられましたの！」

「私はまだ十三になったばかりだし無理よ。茶民が侍女頭になってね」

「い、嫌よ！　こんな時だけ年齢を出してきてずるいわ。壇々が行きなさいよ」

「無理よ。緊張して食事も喉《のど》を通らなくなるわ」

「痩せられてちょうどいいじゃないの！」

二人でなすり合いをしている。董胡もこの二人では無理だと思った。

「きっといっぱい恥をかかされて笑われるわ。無理よ。お願いだから茶民が行ってよ」

「私だって同じよ！　意地悪されるに決まってるんだから。壇々が行きなさいよ！」

言い合いをする二人を見て、董胡は言ってみた。

「私が行こうか？」

二人はぎょっとして顔を見合わせたが、余程行きたくなかったのか、いつものように強固に反対しなかった。

思いがけない好機を得た。后宮の中で身動きのとれない董胡だったが、ようやく宮の外に出ることができる。この機会に出来る限りの情報を仕入れておこうと、董胡は少しだけ見えてきた希望に期待を高めた。

◆

「くれぐれも余計なことはおっしゃいませんようにね、鼓濤様」

「女官頭の方は中務局《なかつかさ》にも籍を持つ位の高い方でございますわ。目をつけられたらその宮の侍女たちは王宮内でずいぶん立場が悪くなるそうでございます」

「うん。分かってるよ。目立たないようにするから大丈夫だよ」

大朝会の時は玄武の侍女と分かるように黒の表着と黒の扇を持つ。表着の中の衣装は自由らしいが、目立たないような色あいの着物と帯で揃える。髪は余計な装飾をつけずに後ろで結わえるだけが無難だろうということになった。

それから各所を通るために身分を示す木札が必要だった。

木札には宮の主《あるじ》である鼓濤が役職と名前を書き記すことができる。

悩んだ挙句『侍女頭代理　董麗《とうれい》』と書いた。母だという濤麗の漢字だけを変えてみた。濤という字がつく名前は滅多にないが『とうれい』という呼び名は珍しくないらしい。

木札の下には玄武の黒い線が入っていて裏には亀氏の家紋と鼓濤の印が押されている。現段階で董胡が持つ最大の権限は、この木札を自在に出せることだ。あまり頻繁に出すと治部局の監査が入るということだが、后《きさき》たちの出す木札は監査が緩いそうだ。

「ああ……大丈夫かしら。もし鼓濤様だとばれたりしたら……」

「なんと恐ろしい。死罪かしら？　もしかして私たちは大変な罪を犯しているの？」

茶民と壇々は、いよいよ宮を出るという時になって心配になったようだ。

「大丈夫だって。うまくやるから。それより二人は御簾の中にいて、私が留守だということを気付かれないようにしてよ」

今まで女であることを隠して暮らしてきた董胡には妙な度胸があった。秘密がばれそうな時に誤魔化す能力は長《た》けていると自負している。あまり褒められた特技ではないが。

「じゃあ、行ってくるね」

后宮から皇宮までは中庭を横断する長い回廊があった。皇族と身分の高い貴族や姫君だけが通ることのできる『貴人回廊』と呼ばれるものだ。檜皮葺《ひわだぶ》きの屋根に足触りのいいイ草の畳が敷き詰められ、黒い漆塗りの柱が等間隔に並び建ち、皇宮まで続いている。

后の侍女たちもこの貴人回廊を通ることを許されていた。

もっとも大朝会の日ぐらいしか侍女だけで通ることはないのだが。

董胡は黒扇《くろおうぎ》を手に、長い着物と袴《はかま》を引きずりながら貴人回廊を歩いていた。

（衣装は重くて歩きにくいけど、久しぶりの解放感だ）

お付きの者がいない。一人っきりで歩いている。それがこんなに有難いことだと初めて気づいた。鼓濤だと告げられて以来、一人になるのは初めてだった。

ちらりと扇の隙間から広い中庭を眺める。少し立ち止まっては金色の皇宮を仰ぎ見る。

（ずっと輿《こし》に乗ってたから分からなかったけれど、思った以上に広いな）

警備の兵士があちこちにいて、それぞれの宮の出入り口で厳しく検査している。

様々な部署の役人や集団で歩く女官の姿や、御用聞きらしい男が一人で走っていく姿も見える。検査は厳しいが人の出入りは意外に多い。

董胡はそれらの情報を目まぐるしく頭の中の地図に書き込んだ。

貴人回廊から金色の皇宮に辿《たど》り着くと、木札の確認を経て、目の前の階段を下りるように指示された。女官たちの大朝会は地階にある大座敷で行われるらしい。

地上は帝の住まいや麒麟の神官の部屋などがあるので、決して近づかないようにと茶民たちからもくどいほど言われてきた。言われなくとも上階の警備兵の数は尋常でなく、部外者が入れる雰囲気ではない。

階段を下りると、すでに黄色い表着の女官が待ち構えていて董胡の木札を確認した。

「玄武の后様付きの方でいらっしゃいますね？　侍女頭代理？　侍女頭の方はどうされたのですか？」

「あの……まだ決まっていなくて……本日は私が代理で出ることになりました」

「まだ決まってない？」

女官は少し不審の表情を浮かべたものの、大座敷の中に案内してくれた。

広い大座敷には、すでに大勢の女官が座っていて、一段高くなった高座に灰色の袍《ほう》を女性用に仕立て直したような衣装の女性が数人並んでいる。灰色は中務局の官服だ。

そしてその前に三列になって座る女性達がいた。

両端に並ぶ女性はすべて黄色の表着を着ている。黄色は麒麟の色だ。これは麒麟の皇族のお世話をする女官ということらしい。

後ろの方にはお仕着せのような動きやすそうな衣装の女性が並んでいる。こちらは宮内局などの各局で働く女官のようだ。袴は引きずる長さではなく扇も持っていない。

そして真ん中の列に、前から白、青、赤の表着を着た姫君が並んで座っていた。

白は白虎、青は青龍、赤は朱雀の色だ。つまりそれぞれ后宮の侍女頭の女性らしい。

「玄武のお方はどうぞこちらへ」

董胡は最後に来たのに、なんと最前席に案内された。高座の女官の目の前だ。

「あの……私は一番後ろでよいのですが……」

「本日は先帝の后様の格付けの順になっております。皇太后様がいらっしゃる玄武は一番前にお座りください」

女官はそんなことも知らないのかという顔で説明すると立ち去ってしまった。

どうやら座る場所にまで序列があるらしい。

後ろの侍女頭たちが扇の隙間からじろじろ見ているのを感じて、董胡は居心地悪く着物をさばいてその場に座った。

やがて時間がきて、大朝会が始まる。

「まずは皆様、ここは女性ばかりの朝会でございます。扇を下ろし私からお顔が見えるようにして頂きましょう」

高座の真ん中に座る年配の女官が言うと、姫君たちは戸惑いながらも扇を下ろした。

「私は先帝の時代より中務局、尚侍《ないしのかみ》を仰せつかっている叡条《えいじょう》と申します。すべての女官を取りまとめ、帝《みかど》が王宮内で心穏やかにお過ごしあそばすように全権を任されています。

本日は新たな帝となって初めての大朝会であり、自己紹介と共にそれぞれの職務について確認をさせていただきましょう」

白髪の混じった叡条尚侍は、仕事一筋で生真面目そうな五十代ぐらいの女性だった。

順番に回ってくる自己紹介と職務の説明で分かったことはたくさんあった。

まず叡条尚侍の両脇には次官となる二人の典侍《ないしのすけ》がいて、その後ろに五人の掌侍《ないしのじょう》がいる。すべて中務局の官職を持つ女性だ。

高座の下は、真ん中の列は予想通りそれぞれの后宮の侍女頭だった。

序列は先帝の皇后であった玄武が筆頭となり、続いて先帝のお子である内親王の身分と人数で決まる。白虎に三人、青龍に二人の姫君がおり、朱雀は一人もいないため最下位ということになるらしい。

だがこれは先帝時代の序列であって、新しい帝の行動によって入れ替わるそうだ。

お子が生まれるまでは帝のお見えの回数によって目まぐるしく入れ替わり、皇子が生まれるまでは毎回壮絶な戦いの場となるらしい。

皇子が生まれれば不動の筆頭侍女頭として強い立場になるそうだ。

強い立場とはどういうことかと言えば、すべてにおいて最優先されるということらしい。珍しい化粧品や食材が入れば序列が上の宮から配給され、宝物殿の宝飾や貴重な書物などの貸し出しも序列が上の宮から権利を持つ。雅楽団や舞妓《まいこ》の新作披露の宴《うたげ》も、もちろん序列が上の宮から召し出す権利を持った。

（薬剤なども序列順なのかな。冬虫夏茸はあるだろうか？　いや、斗宿では見たこともないようなもっとすごい生薬もあるのかな？）

董胡にとって興味があるのは薬剤ぐらいだが、他の侍女達はそうではないらしい。

後ろに並ぶ他の后宮の侍女頭たちの敵対心が背中に突き刺さる気がした。

そして董胡たちの両脇に並ぶ侍女たちもまたお互いに激しい敵対心を持っていた。

右側に並ぶのが皇帝陛下の侍女頭、奏優《そうゆう》と侍女六人だ。

左側に並ぶのが弟宮の侍女頭、郭美《かくび》と侍女六人だった。

「尚侍様に申し上げます。我らの宮様は政務にも詳しく貴族の信頼も厚く、帝にも等しき公務をなさっておいでございます。つきましては我ら侍女七人では手の足りぬことも増えて参りました。我らにも帝の侍女と同じように専属の女官を使うことをお許し下さいませ」

意見を言ったのは弟宮の侍女頭、郭美だった。

女官というのは董胡たちの後方にずらりと並ぶお仕着せ姿の各局の女性で、蔵司、膳《ぜん》司《し》、薬司など十二の部署から帝に与えられた官位を持つ女性らしい。

「まあ！　帝に等しき公務だなどと、なんて不遜《ふそん》なことを！　口を慎みなさい、郭美殿。帝と同じ権利を主張しようなどとは謀反人《むほんにん》の考えることではございませんこと？」

即座に反論したのは帝の侍女頭、奏優だ。

「とんでもございませんわ。まだお若く力不足の帝のために少しでもお力になろうと我らの宮様は心を尽くしておいでございます。それはそれは志の高いお美しい宮様でございますわ。宮様にお会いになられた方はみんな素晴らしいお方だとすっかり心を奪われてしまいますから、弟宮様の方が帝に相応《ふさわ》しいなどと言う方も確かにいらっしゃいますけど……あら、つい本当のことを言ってしまいましたわ。失礼致しました」

「な！　なんとばち当たりな！　失礼が過ぎますわ！　我らの帝もそれは素晴らしい方ですわ。内気なところがおありで、滅多に人にお姿をお見せにならないため多くの誤解を受けておりますけど、聡明《そうめい》な上に、まるで天人のようにお美しい方でございます！」

奏優が怒り心頭で言い返す。二人の間に座る董胡は俯《うつむ》いてやり過ごすだけで必死だ。

（それにしても天人のように美しいとは言い過ぎじゃないかな）

どちらも自分の主が素晴らしいことを主張したいらしいが、かなり脚色している。大人のように美しい人など、そうそう転がっているものではない。

（天人のように美しいなどというのはレイシ様のような人を表す言葉だ。あんな美しい人が、世の中に何人もいるとは思えない。話半分ぐらいに聞いておいた方がいいな）

董胡は俯きながら、心の中で一人呟《つぶや》いた。

「うふふ。内気とは、ものは言い様ですこと。仕える宮女すら気にくわないと次々斬り捨てる無慈悲なお方ゆえ、誰も謁見したがらないだけではございませんこと？」

郭美の言葉に大座敷が騒然とする。

「無礼な！　誰がそのような噂を広めたのか知りませんけど、帝は宮女を斬り捨てたりなどしておりませんわ！　嘘を流してらしたのはやっぱり郭美殿ですのね！」

「な、なんの根拠があってそのようなことを！　私は貴族の皆様が噂していることを言ったまでですわ。変な言いがかりはやめてくださいませ！」

どうやらこの二人は帝が皇太子の時代から犬猿の仲らしい。

「二人ともおやめなさい。はしたない。后様の侍女たちが驚いていますよ」

叡条は慣れているのか、やれやれといった風に注意した。

「されど本当のことではございませんか。こう申してはなんですが、即位の式典での先読みの儀式においても帝はすべて外してしまわれましたわ。されど我らの宮様は、式典が始まる前にすでに的の数字を三つとも言い当てておいでございました。尚侍様にも宮様が記した紙をお見せ致しましたでしょう？」

「そ、それはまあ……確かに当てておいでございましたが……」

再びざわざわと女官たちが騒ぎ出した。

「まあ、やっぱりあのお噂は本当でしたのね？」

「尚侍様が見たのでしたら間違いございませんわね」

「ではやはり弟宮様の方が麒麟のお力をお持ちということ？」

「しっ！　聞こえるわよ」

やはり即位式での帝の失態は、人々に悪い印象を残しているらしい。

「それに帝になられてから尚侍様にすら拝謁をお許しになっていないそうではないです

か」

「そ、それは……新しい帝はこれまでのご事情もあって、心を許した方しかお近付けにならないところがおありで……」

叡条尚侍は郭美に問い詰められ、困ったように口ごもった。

なんだかやはり問題の多い帝のようだ。

「それに四公の后様のところへも、まだ通っておられないご様子。十日のうちに初見えの儀式を済まさねばならないというのに、すでに五日が過ぎております。本来ならこの初めての大朝会で、新しい帝による序列が出来ているのが普通でございますのに、どこにも通われていないがために先帝時代の序列のままでございます。帝は本当に国を治めるおつもりがあるのでしょうか？」

郭美に痛いところを突かれて、奏優たち帝の侍女たちは唇を噛《か》みしめ黙り込んだ。

董胡としては后《きさき》のところへ通う気がないのなら有難いのだが、女官としては見過ごせない義務放棄らしい。

「帝には早急に謁見のお許しを頂き、代々の習わしをご説明するつもりです。その時に必要とあらば郭美の申し出も話してみましょう。帝にその旨、しかと伝えて欲しい。分かりましたね、奏優」

「は、はい。畏《かしこ》まりました。尚侍様」

奏優は悔しげに郭美を睨《にら》んでから、叡条に頭を下げた。

郭美は勝ち誇ったように微笑んでいる。

ともかくこの二人の言い合いのおかげで董胡が目立つことはなく朝会は終わった。


大変な会だったと扇を持ち大座敷を出ようとしたところで、呼び止められた。

「玄武の方。お待ちくださいませ」

振り向くと、他の后宮の侍女頭が三人並んでいた。

「玄武のお后様のところにも、まだ帝から初見えのお声かけはございませんの？」

尋ねたのは赤い表着の侍女だ。朱雀の侍女頭らしい。茶民たちは大朝会では華美にしない方が無難だと言っていたが、この侍女頭は髪を派手な組み紐《ひも》で猫耳のように二つに結い上げ、大きな耳飾りまでしている。中の衣装も舞妓のようなふわふわしたものだ。

董胡より年下のようだが、勝気な吊《つ》り目は子猫のように大きく、可愛らしい顔つきをしている。

「はい。何も聞いておりません」

朱雀の侍女は頷《うなず》き、今度は白い表着の侍女に尋ねた。

「白虎の方もお声はかかってないのでございますか？」

「ええ。何も」

白虎の侍女は狡猾《こうかつ》なキツネのような顔をしていた。こちらは中の衣装も白い地味なもので、若いのに髪に白髪が混じっている。雪女を見たようなぞくりとした怖さを感じる。

「青龍の方はどうですの？」

朱雀の侍女は、今度は青い表着の侍女に尋ねた。

「何もございませんわ」

青龍の侍女は大柄で、董胡たちより頭一つ分大きかった。筋肉隆々の青龍の衛兵はよく見かけたが、女性は初めて見たかもしれない。女性も体躯《たいく》の優れた人が多いようだ。

青龍では女性も武人風の衣装を着ると聞いたが、見たことのない形の着物だった。

「やはり先ほど話されていたことは本当なのかしら？　帝《みかど》はうつけ者だという噂も聞きましたけど、このまま初見えの儀式も無視するおつもりなの？　皆様、どうお思いになって？」

一番年下らしい朱雀の侍女だが、仕事への熱意は一番強く持っているようだ。

「それよりも帝が気に入らない宮女を次々斬り捨てたという噂は本当でございましょうか？　私はその方が心配でございます。我が姫様に無体なことをしないかと……」

青龍の侍女は序列よりも主《あるじ》の身が心配なようだ。

「帝の侍女は否定しておられましたけど、火の無いところに煙は立たないとも言いますわ。やはり新しい帝は何か問題がある方かもしれませんわね」

白虎の侍女は冷静に分析する人のようだ。少し冷たい感じもする。

「最初から何かおかしいのですわ。そもそも帝は朱雀の一の姫、凰葉《おうは》様のお子ですのよ。それなのに、なぜ先帝時代の序列は朱雀が最後なのかしら？　いくら早くに凰葉様がお亡くなりになって一の后が空席のままだったからって、おかしいと思いませんこと？」

　朱雀の侍女が不満げに口をとがらせた。

「帝は朱雀の姫君のお子だったのですか？」

　菫胡は初耳だった。そういえば弟宮が玄武の姫のお子であることは有名だったが、帝の母君のことは聞いたことがなかった。

「そうですわ。確かに凰葉様の一族には不幸が続き血筋は途絶えてしまって、今は前の朱雀公の従兄《いとこ》にあたられる方の血筋に変わってしまいましたけれど。だからって最下位の序列にするのはひどいですわ」

　朱雀の侍女は最下位の扱いであることが、どうにも気に入らないらしい。

「ですが、このような扱いも帝が初見えの儀式をお済ませになられたら変わりますわ。我が姫様はそれはお美しい方ですもの。帝のご寵愛《ちょうあい》をお受けになるに違いありませんわ」

　猫目の侍女は、主である姫君のことが大好きなようだ。朱雀は確かに芸術の都と呼ばれ、遊郭も美女ばかりと聞くし、式典などで舞いを踊る芸妓《げいぎ》の中にはこの世のものとも思えぬほどの美女がいるらしい。代々の帝も朱雀の后を寵愛した数が一番多い。

　朱雀の侍女としては、なんとしても帝に初見えの儀式を行ってもらって、朱雀の后を見初めてもらいたいのだろう。

「ところで、玄武の方。そちらの姫様はお美しい方ですの？」

「え？」

ふいに尋ねられて、董胡は戸惑った。

「玄武の方って、その……もっと目の細い方が多いと聞いていましたけど……」

朱雀の侍女は董胡の顔をじろじろと見つめている。

確かに玄武は細い一重の目が一般的で、人一倍目の大きい董胡は珍しがられ、斗宿でも美童などと噂になることも多かった。

「一の后様もあなたのような顔立ちをなさっているの？　似ていたりするのかしら？」

朱雀の侍女は警戒するように董胡に尋ねた。

「ど、どうでしょうか？　私などが畏《おそ》れ多いことでございますが……」

似ているもなにも本人なのだからそっくり同じだ。

「どちらにせよ、我が姫様の方がお美しいですわ。ええ、そうですとも」

美しさにおいて他の后など問題外と思っていたようで、董胡の玄武らしからぬ顔つきに対抗心を燃やしたらしい。

「ともかく、帝の初見えはきっと朱雀の我が姫様が一番ですわ。次の大朝会では、朱雀が筆頭になっているでしょうけど、恨まないでくださいましね。それだけ言いたかったのですわ」

朱雀の侍女は言いたいだけ言って、さっさと宮に帰っていった。

こうして一回目の大朝会は無事終わったものの、これが波瀾《はらん》の幕開けでもあった。

七、初見えの儀式

帝の初見えの儀式は、叡条尚侍の言葉が伝わったのか、大朝会の翌日から行われた。

最初のお渡りは、猫目の侍女が言った通り、朱雀の后宮だったらしい。

その翌日、青龍の后宮へ、その次の日に白虎の后宮に無事お見えがあったと伝わってきた。

そして次の日は玄武かと思われたが、何も知らせは来なかった。

このまま玄武にだけ初見えがなければ、一の后に大きな恥をかかせたことになる。

玄武公が弟宮を擁立したいのは、もはや隠そうともしていない周知の事実だ。このことが皇帝の抗議の意趣返しであるなら、后の恥だけに留《とど》まらない大事件となりかねない。

どうなることかと王宮内は騒然としたが、ぎりぎり十日の期限の日に帝がお渡りになるという先触れがきた。

「ああ、良かった……。このまま無視されるのかと思いましたわ」

「玄武だけ初見えがなかったなんて、不躾《ぶしつけ》ながら末代までの恥となるところでした！」

壇々と茶民は、ほっと胸を撫《な》でおろしているが、董胡はいよいよ来る時がきてしまったと、朝から憂鬱《ゆううつ》な思いで儀式の準備に従うしかなかった。

昼過ぎから湯殿で身を清め、いつもより念入りにお化粧をして髪を結い、これでもかと金細工の簪《かんざし》を差して真珠を垂らし、着物は雲紋《うんもん》黒地に鶴亀刺繡《ししゅう》の縁起物だ。大小の八重菊をあしらった真っ赤な帯は前で胸高に結び、五衣《いつつぎぬ》の重ねた裾《すそ》を御簾《みす》いっぱいに広げて座して待つ。

帝のお渡りの日は、貴人回廊からそのまま后《きさき》の部屋に導くように燭台《しょくだい》が等間隔に置かれ蠟燭《ろうそく》の火を灯《とも》していた。

菫胡の座る御簾の前の御座所《おましどころ》には帝が座る繧繝縁《うんげんべり》の厚畳と脇息《きょうそく》が設けられ両脇に燭台が立てられている。

庭に面した襖《ふすま》は開かれ、広縁ごしに空に浮かぶ月が中庭の池に映るのを眺められる。金木犀《きんもくせい》の枝を床の間に飾り、甘い香りが部屋を満たしていた。

御簾の中にも燭台を一つ立てているが、手前に置いて菫胡はなるべく奥に座った。燭台の周りだけがうっすらと見えているが、御簾ごしではお互いに影絵のようにしか見えない。

侍女二人は菫胡の御簾の隣にある控えの間に座して帝のお見えを待っていた。

二人は御簾を出る前に「たとえどのようなぶ男であろうと、噂通りのうつけであろうと、くれぐれもご無礼な行動はせず受け入れてくださいませ」と念を押していった。

それが貴族に生まれた姫君の運命なのだそうだ。

だが初見えはあくまで顔合わせの儀式であって、この日は挨拶《あいさつ》だけして帰る場合もあると聞いた。董胡としては、なるべく話だけで済ませる方向に持っていき、なんだったら、もう二度と来るまいと思うほど嫌ってもらえるとありがたい。最悪の場合、御簾の中に入ろうとするならば、茶民の入れ知恵の通り「急に月のものが来てしまい……」と言って謝るしかないだろうと考えていた。それでも無理に押し入ろうとされたら……。

そうなったら、その時は覚悟を決めて投げ飛ばすなり受け入れるなりするしかない。今日で大きく人生が変わる覚悟だった。出来るものなら今すぐ逃げ出したい。

ずいぶん待たされ、もう今日は来ないのではないかと思い始めた夜半に、ようやく「帝《みかど》のお越しでございます」と先触れの使者が告げた。

董胡は緊張しながら、すでに御簾の中で三つ指をついて頭を下げていた。

御座所の出入り口の襖が開き、再び閉じられた音がした。

足音と共に下襲《したがさね》の裾が畳を擦る音が聞こえ、董胡はごくりと息をのんだ。

（ついに帝が来てしまった。ああ、どうしよう……）

いろいろ覚悟は決めていたものの、皇帝陛下を前に緊張が高まる。やっぱり投げ飛ばすなんて無理に違いない。この方に逆らって、この国で生きていける場所などない。雲の上の皇帝様なのだ。

（なにがあっても従うしかないのか……）

半分諦《あきら》めの境地だったが、男装がばれそうになった時もいつもなんとか切り抜けてきた。董胡には昔から窮地に打ち勝つ不思議な運のようなものがあった。

(大丈夫。きっとなんとかなる。今回も切り抜けてみせる)

するりするりと部屋の真ん中に進む気配がして、ふっと息を吹く音がした。

董胡はそっと顔を上げて、御簾の向こうを窺《うかが》い見る。

「?」

驚いたことに御簾の向こうは真っ暗闇になっていた。

燭台を二つ置いていたはずだが、明かりは消え失《う》せている。どうやらさっきの息を吹くような音は、帝が蠟燭の火を吹き消した音だったらしい。

(な、なにをするおつもりなのだ?)

今では部屋の中の明かりは、董胡の御簾の中にある燭台一つだ。

こちらからは何も見えないが、帝からは董胡の姿が見えているはずだ。燭台から離れて座っているため、はっきりとは見えないだろうが影の輪郭は映っているに違いない。

空気が張りつめ、お互いの僅《わず》かな動きが風にのって伝わるような気がする。

(こちらを見ておられる)

何も見えないが、帝が御簾の前に立ち董胡の輪郭を無言で見つめているのが分かった。

そして、地の底から響くような低く澄んだ声が聞こえた。

「そなたは何者だ」

「!」

初対面の后にかける言葉では到底ない。

（まさか私の素性がばれている？）

なんと答えていいのか分からず、董胡は無言のまま暗闇を見つめた。

「玄武公が目障りな私のもとに送り込んだのは、鬼か蛇か？　答えるがいい」

凜《りん》とした声の響きに、董胡の心臓が早鐘を打つ。

（迷いのない聡明《そうめい》な声の響き。この方が本当にうつけと呼ばれている方なのか……）

途方もない威厳を感じる。これが帝と呼ばれる方の存在感なのだと体が震えた。

畏怖《いふ》なのか恐怖なのか、声を出そうにも言葉が出ない。

「ふ……。答えられぬようだな。図星ということか」

激しい憎悪を感じる。初対面だというのになぜ？　という思いが一層何を答えていいのか分からなくさせる。

不意に動揺する董胡の体がふわりと浮き上がったような気がした。

（風？）

月がくっきり見えるような静かな夜の室内に風など吹くわけがないのに。

だが確かに下から突き上げるような風を感じた。そして次の瞬間。

「？」

バサリと何かが畳の上に落ちる音がした。だが視線を上げた時には、御簾の中に一つだけ灯っていたはずの蠟燭の火まで消えて、闇だけが広がっている。

中庭に浮かぶ月だけが遠くにくっきりと見えて、その月光を背に黒く照らされた人影が闇に慣れた目にはっきりと映った。

頭に冠をつけ、正装姿の背の高い男性。

腰まである長い髪が月の光を纏《まと》い、着重ねた衣装と帔帛が俊敏に動いた反動で半円を描くように揺れている。そして高く掲げた腕から長い袖《そで》とそれを縁取る組み紐《ひも》が垂れていた。その高い位置にある手には信じられないものが握られている。

董胡は月光に反射するように光るそれを、愕然《がくぜん》と見つめていた。

(剣？)

長い剣が切れ味を見せつけるように金属の輝きを放っている。

そしてなぜこれほど闇の中ではっきりと見えるのかが分かった。

御簾が切り裂かれていたのだ。

さっきバサリと落ちた音がしたのは、切り裂かれた御簾だ。

そして燭台に立ててあった蠟燭も一緒に切れて先がなくなってしまったらしい。

(な、なにを……。まさか私を斬り捨てるつもりなのか？)

董胡はあまりのことにガクガクと震える手を畳についたまま目まぐるしく考えた。

だが思考は停止してしまっている。もはや逃げる場所などない。

相手は抜き身の剣を持ち、董胡は動きにくい着物を着て無防備に座してしまっている。

まさか玄武公はこうなることを予想して董胡に一の后を命じたのか。

余命の短い后だと分かっていたから侍女頭すらつけずに王宮に送り込んだのだ。

はなから自分の娘だなどと思っていなかった。駆け落ち相手との間に出来た憎々しい娘に復讐《ふくしゅう》するつもりだった。董胡には何の罪もないというのに。

この帝にしても、玄武公との間にどのような確執があるのか知らないが、董胡に復讐してどうなるというのか。なぜ董胡がそんな恨みをすべて引き受けねばならないのか。

だが死とは、時に理不尽にあっけなく志半ばの命を無慈悲に奪うものなのだ。

その無念さに心が震える。

（せめてレイシ様にもう一度会いたかった……）

最期の時に考えたのは、家族のように暮らした卜殿のことでも楊庵のことでもなかった。結局、この宮から逃げ出そうと画策するのも、医師として男として生きたいと思うのも、すべてそのためだったのだと、今頃気付いた。

専属薬膳《やくぜん》師として働きたいという以前に、ただ、もう一度レイシに会いたかったのだ。

だが、それももう叶《かな》わない。帝の憎しみをこの身で受け止め、死ぬしかないのだ。

董胡は観念したようにゆっくりと頭を下げ、額を畳につけた。

「…………」

だが頭を下げる董胡を見て、帝はゆっくりと腕を下ろし、剣を鞘《さや》にしまった。

「鬼なら風神となって成敗してやろうと思うたが……人間であったようだな」

気のせいか、少し言葉が柔らかくなったように感じた。

「ただの捨て駒の替え玉であったか。そなたがどういう理由で一の后になったのか知らぬが、儀式のために仕方なく来たまでだ。そなたと睦《むつ》むつもりなどないから安心するがいい。私に害を為《な》さぬ限り、そなたをどうこうするつもりはない」

帝はそれだけ言うと、まだ頭を下げたまま震えている菫胡を残して帰っていった。

帝が去ったあと、部屋に入ってきた茶民と壇々が驚いたのは言うまでもない。

真っ二つに切れた御簾《みす》を見て青ざめていた。

「や、やっぱり噂通りのうつけでしたのね！　許せませんわ。ああ、お可哀相な鼓濤様」

「恐ろしや。姫君になんとご無体な！　鼓濤様、お怪我はございませんか？」

二人はずいぶん同情してくれて、菫胡をなぐさめてくれた。

そして帝の評価は最下層まで落ちていった。

◆

うららかな午後、黎司は人払いをした居室で剣を振るっていた。

室内に巻き藁《わら》を立て、斜めに剣を下ろしてみるが、木刀のように打ち込むだけで全然切れない。何度振るってみても同じだった。

「陛下。入ってもよろしいでしょうか？」

襖《ふすま》の外から声がかかり、黎司は剣を振るったまま「入れ」と答えた。

「……。剣の稽古《けいこ》でございますか？　珍しいですね」

いつもの笑い顔の翠明は、部屋に入るなり首を傾げた。

天術を司《つかさど》る麒麟の者は、基本的に伍尭國の神官の役割を担っている。その長である皇帝は、本来神に祈りを捧《ささ》げ御力をいただくのが仕事であり、武芸は必須《ひっす》のものではない。

だが黎司と翠明は、密《ひそ》かに剣の稽古もしていた。それは、暗殺者に幾度となく命を狙われたために必要に迫られてのことだった。好んでやっていたわけではない。

「巻き藁が切れぬのだ。翠明」

「刃こぼれしているのでは？　というか、その剣はまさか！」

翠明は黎司が振るう剣に気付いて蒼白《そうはく》になった。

「皇帝の神器ではありませんか！　なんということを！」

先日の即位の式典で先の帝《みかど》より継承した神器の一つだ。創司帝の代から引き継がれている国宝の貴重なものだった。

「それは実戦で使うものではありません！　皇帝であることを示す象徴の剣です！」

鞘の方は何度も作り直して、輝石をはめ込み豪華に仕上げているが、中身の剣の方は創司帝の時代のまま研磨もしていない。切れるわけがなかった。

「だが、切れたのだ。恐ろしく鋭い切れ味で切り裂いたのだ」

「な、何を切ったのでございますか？　まさか人を？」

「違う。御簾だ」

「御簾?」

翠明は怪訝《けげん》な顔で黎司に聞き返した。

「ほんの少し驚かしてやろうと思った。私を謀《たばか》り、何事かを企《たくら》む玄武の后に、御簾を切る真似をして警告してやろうとな。刃先は御簾に届いていないはずだった。だが切れたのだ。御簾ばかりか、その向こうに立てた蠟燭《ろうそく》の先まで切り捨てた」

「な！　玄武のお后様に向かって剣を振るったのでございますか？」

翠明は主君の暴虐に頭を抱えた。

「切れると思っていなかった。この刃を見れば分かるだろう？　この通り巻き藁も切れないのだ。それなのに御簾は見事に真っ二つに切れてしまった。玄武の后は余程驚いたのか、震えながら頭を下げていた」

「あ、当たり前でございます！　なんということをしたのでございますか！　これで陛下が宮女を大勢斬り捨てたという噂はやっぱり本当だったとますます醜聞が広まってしまうではありませんか！」

「うむ。そうであろうな。とんでもないうつけだと思ったことだろう」

「開き直らないでくださいませ！」

翠明は呆《あき》れてため息をついた。

「玄武の后宮に、急ぎ新しい御簾を贈っておいてくれ、翠明」

「そういう問題ではございません。完全に嫌われたことでございましょう」

「どう思われようといいではないか。はなから妻などと思ってはいない。向こうも生涯の夫と思って嫁いできたわけではない。どうせ玄武公に無理やり命じられたのであろう。うつけの帝の許《もと》へ嫁げと。または私を暗殺するよう密命を受けているのかどちらかだ」

「お会いして、やはりそのように感じたのですか？」

翠明に問われ、黎司は少し考え込んだ。

暗闇で顔はさっぱり見えなかったが不思議なことに手が震えているのは分かった。余程怖かったのだろうと、それだけは少し反省している。

暗殺の企みがあっての動揺なら自業自得だが、もし単に替え玉として宛《あて》がわれた気の毒な姫君であったなら、申し訳なかったと思っている。

「そなたの方で調べた結果はどうであった？　青龍と白虎の后は、慌てて養女に取り立てた姫君だと分かったのだろう？」

すでに四人の后については調べさせていた。青龍と白虎は、先の皇帝の逝去を知って、急いで縁組した養女で、本当の一の姫君ではない。

おそらく黎司の治世は短いと読んで、次の翔司のために本命を温存したのだろう。

「はい。朱雀だけは本物の一の姫君のようでございますが、どういうわけか嫁き遅れて残っていた姫君で陛下より三歳ほど年上で二十五歳のようでございます。そして玄武についても、書類上は本当に一の姫君で間違いないようなのですが……」

「一の姫君は玄武公が目の中に入れても痛くないほどに可愛がっている華蘭という姫だろう？　そのような名前ではなかったはずだ」

「はい。華蘭様ではございません。ですが、古い台帳を調べましたところ、玄武公には確かに華蘭様の上にもう一人姫君がいたようでございます」

「もう一人いた？　では、あれは替え玉でなく本物の一の姫だというのか？」

「いいえ、それが……噂では、その一の姫は十数年前に攫《さら》われ、殺されたのだと言う者もいまして、長年見かけた者もいない、名前だけが残された姫君だったとか」

「ふ……ん。玄武公め。何を企んでいるのか……。やはり暗殺者なのか……」

玄武の一の后の素性だけが、どうにも分からない。

「どちらにせよ。どの后も何を企んでいるか分からない。習わしだと言うから仕方なく従っているが、誰にも心を許すつもりはない」

「そうでございますね。今しばらく、四公の腹の内が分かるまでは、どれほど美しい姫君であっても油断なさいませんように」

「そなたがうるさく言うから、顔も見ていない。二言、三言、会話をしただけだ。それでいいだろう？」

玄武だけは御簾を切り捨てるという暴挙を行ったが、他の姫君は御簾ごしに型通りの挨拶《あいさつ》をしただけで帰ってきた。

「それよりもそなたに神器のことを聞きたかったのだ」

黎司は鞘におさめた剣を右手に持ち、左手で首にかけられた古めいた金の鎖を取り出した。金古美《きんふるび》の鎖には手の平ぐらいの大きさの丸い銅鏡が下がっている。

「私が即位式で継承したのは、この剣と鏡の二つだった。これは皇帝となった者が肌身離さず持つ、天術を司るための神器であると。だが私が以前に読んだ文献では、神器は三種あると書いてあった。もう一つの神器はどこにいったのだ？」

黎司に問われ、翠明は深く頷《うなず》いた。

「確かに古い文献には神器は三種と書かれております。ですが十代皇帝の頃には二種という記述に変わっております。先代の帝も二種しかお持ちでなかったようでございます」

「途中の皇帝が無くしたか、あるいは失ったということか？」

「はっきりとは分かりませんが、そうかもしれません」

「十代か……。その頃より皇帝が麒麟の力を失ったと言われている。三つ目の神器を失ったことと関係しているのかもしれぬな」

それが事実なら黎司にも天術は使えないということになる。

「創司帝は剣で風を起こし千里先の敵もなぎ倒し、鏡に映る未来を読んだと言われておりますが、すべては伝説の類《たぐい》でございます。大切なのは人心を掌握し、民を良く治めることでございます。あるいは三種目の神器は人心ということかもしれません」

「ならば即位式で先読みを外し、后《きさき》に狼藉《ろうぜき》を働いた私はすでに手に入らぬな」

「まだ即位されたばかりではございませんか。これからでございます」

だが、翠明は投げやりになる皇帝を、さらに奈落《ならく》に突き落とす知らせを伝えねばならなかった。

「実は……麒麟寮の董胡を王宮の医官として召し出すように伝令を送ったのでございま
すが……」

「どうしたのだ？　もしや董胡は断ったのか？」

帝の勅命であれば断ることなど出来ぬはずだが、レイシの名を伏せているだけに、あ
の董胡ならば断ることもあり得そうだ。

「いえ、それが……。突如、行方知れずになったそうなのでございます」

「行方知れず？　どういうことだ？」

「それが……突然神隠しにあったように消えたと言うのでございます」

「まさか……」

「一説には……医師試験を同じく受けていた玄武公の次男よりも良い成績を修めたゆえ
に目障りで消されたのでは、などと言う者もいまして……。消えた日に玄武の輿《こし》が麒麟
寮から秘《ひそ》かに出ていくのを見たという証言もございます」

「なんだとっ！　玄武公が？」

「いえ、あくまで噂でございまして真偽のほどは今調べさせているところでございます」

黎司は激しい怒りが込み上げるのを止められなかった。

『私のために生きて下さい』という董胡の言葉を胸に今日まで命をつないできた。

勝算が見えないような現状も、董胡と再会すれば何かが変わると期待していた。

黎司のこれからに絶対に必要な存在だった。

「おのれ、玄武公め。そんな理由で罪もない董胡まで手にかけたのか……」

激しい絶望と共に、煮えたぎるような怒りをどうにも抑えることが出来なかった。

拳《こぶし》を握りしめ、すっくと立ち上がる。

「翠明、先触れを出してくれ。玄武の后に会いにゆく」

◆

「鼓濤様、今日のお饅頭《まんじゅう》は何でございますか？」

宮の御膳所《ごぜんしょ》で、届いた食材に味を付け直す董胡に壇々が横から覗《のぞ》き込んで尋ねた。

「くず野菜と余ったお肉を刻んで乾姜と混ぜ合わせる普通の饅頭だよ。干ししいたけがあれば良かったんだけど、分けてもらえなかったみたいだね」

御用聞きに幾つか食材を注文したが、日に日に注文通りにもらえなくなっていた。

「なんでも昨日は他の宮では蒸し鮑《あわび》があったそうですけど、玄武の后宮だけ無かったそうでございますわ。皇太后様の女嬬が他の宮の女嬬から聞いたそうです」

「それは多分、帝《みかど》の初見えが最後だったから序列が下がったんだと思うよ」

食材が届くのも以前より一刻ほど遅くなり、内容も質素になった。

「皇太后様の侍女たちは、今までずっと一番だったのにと会えば嫌みばかり言います」

「ごめんね。これからもずっと最下位のままだと思うよ。帝は私のことが大嫌いみたいだからね。もう二度とお渡りは無いかもしれないね」

先日の初見えで、帝が玄武の后を憎むほど嫌っているのはよく分かった。

仲睦《なかむつ》まじい夫婦になることなんて一生ないだろう。でも董胡としてはありがたい。

「もう、鼓濤様。嬉《うれ》しそうに言わないでくださいませ。お后様としては悲しむべきことでございますよ」

「でもうっかりご機嫌を損ねて殺されるよりましでしょ？」

「まあ……そうでございますね。女孺たちの間では帝に殺された宮女が三日にあげず外《そと》濠《ぼり》に捨てられているという噂もあるようですわ」

「三日にあげず？　そんなに？」

「ええ。なんでも外濠には人食い大鯰《おおなまず》が棲《す》んでいて、殺された死体を跡形もなく食べるそうでございます。恐ろしや」

ということは董胡もあのまま斬られていたら、今頃外濠に捨てられて大鯰のえさになっていたということかもしれない。本当にとんでもないうつけだった。

「さすがにお后様を濠に捨てたりなどしないでしょうが、どちらにせよあんな乱暴な帝など来ない方がいいですわね。それに私は鼓濤様の絶品饅頭が食べられるだけで幸せでございます」

壇々は饅頭のおかげで、今ではすっかり董胡に懐いていた。

「そういえば新しい御簾《みす》が帝から届いたらしいね」

「ええ。先ほど帝の使いの方が持ってきましたわ。でも、そんなことぐらいで許せることではございません。そりゃあ、素晴らしく高級な御簾でございましたけど……」

「じゃあ御簾を付けて膳《ぜん》を運んで食事にしよう。饅頭も蒸しあがったみたいだよ」

いろいろあったが、董胡としてはいい感じで帝にも嫌われて、居心地よくなってきた。

この調子でお渡りのないうちに、まずは麒麟寮にいる楊庵に連絡する方法を探そう。

そして楊庵を逃がし、卜殿にも連絡がつけば、董胡も王宮から脱出する。

一つの危機を乗り切ったせいか、出来そうな気がしていた。それなのに……。

「た、大変でございます！　鼓濤様！」

宮の出入り口で見張りをしていた茶民が慌てた様子で駆け込んできた。

そして息を整えて報告した。

「帝が……。今宵《こよい》こちらにお渡りになられると先触れが参りました」

「ええっ!?　なんで？」

もうあのまま一生来ないかと思われた帝が、これほどすぐにまた渡ってくるなど想像もしていなかった。

◆

「………」

夜半にやってきた帝は、無言のまま御簾の向こうの厚畳に座っていた。

今日は御簾を切り捨てることもなく、燭台《しょくだい》の火も吹き消していない。

帝用に置いた脇息《きょうそく》にもたれてこちらを睨《にら》んでいるようだ。

ぴりぴりと空気が張りつめて、今日も機嫌が悪いことだけは分かった。

(話すつもりがないなら来なければいいのに。なぜまた来たんだろう)

董胡は御簾の中で三つ指をついたまま、心の中で悪態をついた。

このまま一晩明かすつもりかとしびれを切らした頃、ようやく帝が口を開いた。

「そなた……玄武の斗宿の村にある麒麟寮を知っているか?」

「え?」

思いがけない話の内容に董胡はぎくりとした。

(まさか……もうそこまでばれた?)

「そこの医生が一人行方知れずになったそうだ。そなた、何か知らぬか?」

それはまさに董胡のことだった。

帝がそんな田舎の医生が行方知れずになったことなど気にする理由はない。

（理由があるとするなら、その医生が一の后《きさき》に成り代わっていると知ったから？）

董胡はばくばくと脈打つ鼓動を抑えて、目まぐるしく考えた。

（待って。どこまで知っていらっしゃるの？　医生の董胡は男として暮らしてきた。それが后に成り代わるということは、私が女装した男性と思っているの？　それとも女であることを隠して麒麟寮にいたことがばれているのだろうか？　どっちにせよそんな怪しげな者が一の后だと分かったなら、今度こそ斬られる？）

前回のことがあるだけに、再び死を覚悟した。

（こうなったら奥の手を使うしかない）

壇々の思いつきで、うつけの帝を大人しくさせる作戦を一つ考えていた。

「な、何のことか存じませぬが、まずは新しい御簾を頂きありがとうございます。そのお礼にと体に良い絶品饅頭を作らせましたのでお召し上がり下さいませ。壇々、お出ししなさい」

控えの間で用意していた壇々は「はい」と返事して高盆に饅頭を重ねて持って出た。美味《おい》しい饅頭を食べて頂いて、少しでもご機嫌取りをして誤魔化そうという、呆《あき》れるほどささやかな作戦だ。

壇々は、帝のような高貴な人の前に出るのは初めてのことで、盆を持つ手がぶるぶると震えているのが御簾ごしにも分かった。そして帝の前に高盆を置いて三つ指をつき、

「お召し上がりくださいませ」と頭を下げた。

だが帝は「何のつもりだ？」と低く唸《うな》った。

「え？」

壇々が驚いて顔を上げるよりも早く、帝が高盆ごと払いのけて饅頭が畳に転がった。

「ひ、ひいいい。お許しくださいませ」

壇々はそのまま斬られるのかと思ったらしく、畳に額をつけてひれ伏した。

「何を謝っている？　毒を盛ったことか？　こんなあからさまな罠《わな》にかかると思うたか！」

帝は立ち上がり、散らばった董胡の饅頭を踏みつけた。

「ひいいい。ど、毒など盛っておりません。お許しを！　どうかお許しを！」

壇々はすっかり動転してひれ伏したまま謝り続けている。

「嘘をつくな！　ならばなぜ盆を持つ手が震えていた！　その震えが証拠ぞ！」

どうやら壇々の震えが毒殺を企《たくら》んでいるからだと勘違いされたらしい。

「ち、違います、違います！　これはただ帝の御前に出たので緊張しただけです」

「嘘をつけ！　都合の悪いことを聞かれ、そのまま毒殺するつもりであったか！　玄武公ももう少し嘘のうまい者を潜入させるべきであったな。甘く見られたものよ」

董胡は帝の理不尽な物言いもさることながら、心を込めて作った饅頭を踏みつけられたことにひどく腹を立てていた。食べ物を粗末にする人だけは許せない。

まだ十三歳の壇々が怯《おび》えながら必死に謝る姿もあまりに痛々しい。

偽りの后である董胡ならまだしも、壇々はただ饅頭《まんじゅう》を出しただけだ。

本当は自分が食べたかっただろう饅頭を、帝のご機嫌取りに出せば前回のように無体なことをされないだろうと、董胡を心配して言ってくれたのに。

「壇々。盆に残っている饅頭をお食べなさい」

董胡は御簾の中から言い放った。

「え？」

壇々は驚いて董胡の方を見た。

「饅頭を食べれば、とんでもない濡《ぬ》れ衣《ぎぬ》だと証明できるでしょう。お食べなさい」

「ふん！　侍女に毒入り饅頭を食べさせるつもりか？」

帝《みかど》は呆れたように言い放つ。だが董胡はさらに続けた。

「毒など入っておりません！　壇々、食べなさい」

「は、はいっ！」

壇々は畳を這《は》うようにして盆に残った饅頭を摑《つか》み、ぱくりと頰張った。

緊張しているのか、こんな時でも食欲に火がついたのか、壇々はぱくぱくと饅頭を食べきり、ついでにもう一個残っていた饅頭までぱくぱくと食べきってしまった。

「…………」

帝は驚いた様子で壇々を見つめていた。

「これでご納得いただけましたか？　毒など入っておりません。私の侍女は、ただ帝に美味しい饅頭を召し上がってもらいたいとお出ししただけです」

「…………」

董胡にきっぱりと言われて、帝はばつが悪そうに黙り込んだ。

そして何か言いかけたように見えたが、結局無言のまま部屋を出て行った。

◆

「壇々、大丈夫？　まだ熱が高いね」

帝が来た次の日、壇々は高熱を出して寝込んでしまった。二の間に布団を敷き、茶民と女嬬が看病していたが一向に熱が下がらない。典医寮《てんいりょう》に使いを出して医官に来てもらったのだが、風邪《ふうじゃ》だと言って薬草を煎《せん》じて飲ませるようにと置いていった。

「何が風邪だ。咳《せき》も鼻水も喉《のど》の腫《は》れもないじゃない」

后ならまだしも、侍女ごときには適当な医官しか寄越《よこ》してくれないらしい。

「風邪ではないのでございますか？」

茶民が心配そうに董胡に尋ねた。

「おそらく知恵熱と呼ばれるものの一種で、極度の緊張で心の平安を失ったことからきているのだろう。帝にあらぬ疑いをかけられて余程怖い思いをしたんだ。かわいそうに」

美味しい物を食べるのを生き甲斐《がい》に、ほんわかと生きてきた壇々にとって、あまりに衝撃の出来事だったに違いない。

「恐ろしや……斬り捨てられて大鯰《おおなまず》のえさになってしまうのかと思いました……」

少し眠ったかと思うと「大鯰が……大鯰が……」とうなされて起きてしまう。

「本当に帝はなんと恐ろしい嫌な方なのでしょう。鼓濤様ではないけれど、二度とお越しにならなくて結構ですわ。序列が最下位でも構いません。死ぬよりましですもの」

茶民は心の底から帝を嫌いになったようだ。

「鼓濤様、申し訳ございません。姫様に看病させてしまうなど、侍女失格でございます」

壇々は熱で朦朧《もうろう》としながらも、董胡に謝り続けている。

「気にしなくていい。私はそもそも医師なんだ。病気の者がいれば診るのが当たり前だ」

それにしても、薬剤も鍼《はり》もなくてはどうにもならない。

「典医寮で薬草と鍼を分けてもらえないかな？」

「薬剤は食料と違って医官様しか注文出来ませんわ。そういえば皇太后様のところには、専属の医官が一人いると聞きましたが……でも無理ですわ。それでなくてもみんな意地悪なのに、お薬など分けてくれるはずがございません」

茶民は悔しそうに呟《つぶや》いた。

「ちょっと待って。皇太后様には専属の医官がいるの？」

「はい。お館《やかた》様が妹宮様のために、常に名医を一人付けておいでですわ」

董胡はそれを聞いていいことを思いついた。

「だったら一の后である私にも専属医官がいてもおかしくないよね？」

「それはもちろん。一の后様なら専属医官がいる方が当たり前ですわ」

「じゃあ、私にも専属医官を召し出そう」

「召し出すって一体誰を？　王宮にどなたか知り合いの医官様でもいるのですか？」

董胡はにんまりと微笑んだ。

「もちろん、私だよ」


ことは意外に簡単だった。

董胡には一の后用の木札が山のように残っている。

『玄武一の后付　専属医官　董胡』

董胡自ら木札に書き込み、玄武公に授与された免状と一緒に典医寮に申請すれば、あっさりと王宮医官の衣装と器具一式を受け取ることができた。章景医術博士が自ら書いた免状はかなりの威力があったらしく、疑われることもなかった。


「久しぶりの医官服は最高だよ。ああ、動きやすい。生き返ったみたいだ！」

董胡は髪を角髪《みずら》に結い、紫の袍《ほう》に黒い襷襟《たすきえり》をかけた。

紫は典医寮がある宮内局の色で、黒い襷襟は玄武の后宮付きの証明だ。

これによって宮内局と玄武の后宮を自由に行き来できる権利を得たことになる。

今まで一の后宮のほんの一部しか移動できなかったことを考えると、ぐんと行動範囲が広がった。これなら卜殷や楊庵に連絡をとれるかもしれない。

「不思議ですこと。姫君の恰好《かっこう》をすればちゃんと大人の女性ですのに、角髪頭の医官の服装だとお化粧をしていないせいか、男童《おのこわらわ》のように幼くおなりですわ」

茶民が董胡の衣装を整えながら呆れたように言う。

男性にしては背が低く華奢《きゃしゃ》な体形もあって、麒麟寮にいた時も友人たちから、いつまでたっても少年のようだとからかわれていた。

「これなら鼓濤の私を知っている人が万一いたとしても分からないよね？」

「まずお后様がそのような恰好で外をうろつくなんて考える人などいませんわ。ああ、私はなんというご主人様に仕えることになってしまったのでしょう。鼓濤様に仕えて以来、毎日気が休まることがありませんわ」

茶民は嘆きながらも宮の出入り口まで見送ってくれた。

「大丈夫だって。今日は壇々に効きそうな薬剤をもらってくるだけにするから」

ありがたいことに宮内局は玄武の后宮の裏門から内濠《うちぼり》を渡ったすぐ向こうにある。

衣食という医術に近い部署ゆえに、玄武の管轄局だった。

局頭《きょくがしら》は玄武の嫡男らしいが、常時いるわけではなく董胡の顔も知らないから大丈夫だろう。医生姿の董胡を知っているのは、玄武公と章景だけだ。そんな人々が宮内局をうろうろしているはずもなく、大朝会の侍女頭代理である董麗を知っている人がいたとしても白塗りの化粧をとれば別人ほど違うので、まあ心配はない。

董胡は久しぶりの身軽さに浮き立つような思いで宮内局に入った。

白い漆喰《しっくい》の外門に並行するように建てられた横長の宮内局は、長い階《きざはし》を上った二階部分が各寮の詰所になっているようだ。建物の周囲を囲う回廊を忙しく行き交う紫の袍の人々が見えた。

一階は工房や倉庫などがあり、主に平民の職人たちが大膳寮では食事を作り、大衣《おおごろも》寮では着物を縫い、木工《もく》寮では家具を作ったりしている。そして、ちょうど真ん中あたりに診療所があった。貴族は往診が基本なので、王宮で働く平民以下の者が病気になったらこの診療所に来るのだろう。そして隣の薬庫で医官が処方した薬がもらえるようだ。

董胡はさっそく窓口で壇々に処方する薬剤を書き込み、印章を押して差し出した。

最初、ずいぶん若い医官に不審を浮かべた窓口の男は、董胡の印章を見て顔色を変えた。

「ひゃあ、医官様の印章は庵治石《あじいし》じゃございませんか？　名医しか持てないと聞いておりますが、初めて見ましたよ。お若いのに、こりゃすげえや」

玄武公が特別に作らせたと言っていただけあって、相当すごいものらしい。

かえって目立ち過ぎたかと、董胡はひやりとした。

「ああ。玄武のお后様の専属医官様でいらっしゃいましたか。それなら分かりますよ」

薬剤係は、すぐに董胡の黒い襷襟に気付いて肯《うなず》いた。

ついでに董胡は興味本位で尋ねてみた。

「ところでこの薬庫には冬虫夏茸はある？」

手に入れられるものなら万能薬として一つ置いておきたい。

「冬虫夏茸？　ああ、斗宿原産の高級生薬ですね。あれは上の貴族様の詰所で厳重に管理している貴重品ですよ。少しならあるだろうけど、詰所で申請書を書いて許可が下りたらもらえますが……。お后《きさき》様の医官でも分けてもらえるかどうか分かりませんよ」

「そんなに貴重なんだ」

「そりゃあもう、俺のような貧乏医官なら冬虫夏茸一つで一年は食いつなげますね」

「へえ……。そうなんだ」

ともかく気前よく薬草を分けてくれて、笑顔で見送ってくれた。

「知らなかった。そこまで高値で取引される生薬だったんだ。じゃあ斗宿に置いてきた私の冬虫夏茸があれば屋敷の一つぐらい建てられるんじゃないかな」

つくづく惜しかった。

「楊庵が持っていてくれてないかな。私の薬草籠《やくそうかご》があれば、しばらく暮らしていけるのに」

でも腰を抜かすぐらい気味悪がっていたから無理かとぶつぶつ言いながら歩いていると、不意に後ろから声をかけられた。

「董胡？」

董胡はぎょっとして立ち止まった。すっかり油断していた。

（え？　誰？　こんなところに知り合いはいないはずだけど）

声にも聞き覚えがあるような、ないような。いや、ない。ないはずだ。

考えられるのは麒麟寮の医生の誰か？　あるいは教師の誰か？

（ど、どうしよう。なんと言い訳しよう。いや、待って。相手によっては楊庵のことも知っているだろうから、ここにいることを知らせられる？）

大事なのは、味方になりそうな相手かどうかということだ。

味方ならば振り向いてもいいが、まずい相手なら振り向かずに逃げる方がいい。

（誰？　思い出して。誰の声？）

振り向かないままに必死で考えたが、全然分からない。

「もしや董胡ではないのか？」

気品のある涼しげな声だ。

（平民というより貴族？　いや、麒麟寮の友人はほとんど平民だし、誰？）

ますます分からなくなった。

（やっぱり振り向かずに逃げよう！）

そう決心して一歩を踏み出したところで、手首を摑《つか》まれた。

「は、離してください！　人違いです！」

もがき逃げようとした目の端に、笑い顔の三日月目がちらりと見えた。

「あっ！」

董胡は驚いて背の高い男性を見上げた。

「す、翠明様……？」

思ってもいない相手だった。

まさかこんなところで会えるなんて。

やはり満月の夜のあれは夢ではなかったのだと今更ながら確信した。

「菫胡！　やはり菫胡なのか？　なぜこんなところに？」

「そ、それは……」

困った。これはなんと答えるべきなのか。

(正直に答えたら助けてくれる？)

いや、菫胡が女であることがばれてしまう。それは出来ない。

「麒麟寮に使いをやったのだ。ところが突然消えたと言われた。それがなぜ王宮に？」

「麒麟寮に？　私を呼びに来て下さったのですか？　ではまさか……」

本当はレイシが迎えに来るなんて、楊庵に言われなくとも半分諦《あきら》めていた。

時が経つにつれて夢物語だったような気さえしていたというのに。

「ああ。そうだ。レイシ様がそなたをお望みだ。だから使いをやった」

「レイシ様！　レイシ様はお元気でいらっしゃるのですね？」

菫胡は顔を輝かせた。

「ああ。お元気だ。そなたに会いたがっておられる」

「私を……覚えていてくださったのですね……」

それだけで董胡は胸がいっぱいになった。

「約束通り、いずれそなたを薬膳《やくぜん》師としてお召しになりたいとの仰せだが……、そなたは一体ここで何をしている？　その袍は宮内局か？　いや、黒の襷襟ということは玄武の后宮の所属か？　どういうことだ？　麒麟寮から姿を消したそなたが、なぜこんなことになっている？」

董胡はいよいよ問い詰められて答えに窮した。

すでに服装ですべてばれてしまっている。

だからといって実は玄武の一の后です、などと言えるわけがない。

ともかく、ここはこの現状が示すことを答えるしかない。

董胡は腰に下げた『玄武一の后付　専属医官　董胡』と書かれた木札を見せた。

「わ、私はその……麒麟寮から医師の免状を受け取るために黒水晶の宮に招かれまして……。そこで間もなく輿入《こしい》れされるという一の后様付きの専属医官となるよう命じられ、そのまま王宮に入ったのでございます」

この木札が示すのはそういうことだ。

「なるほど、そうだったのか。だが、それならなぜ麒麟寮では行方知れずなどという噂がたっているのだ？」

「そ、それはえっと……平民の私がお后様の専属医官などと公にしたくないようでございまして、秘密裡《ひみつり》に召されることになりまして……」

苦しい言い訳だ。だが翠明は意外にもあっさり納得した。

「うむ。気位の高い玄武公ならありえることだな。だが、まあ暗殺でなくて良かった」

「暗殺？」

董胡は驚いて聞き返した。

「いや、麒麟寮の中では、玄武公の次男より成績が良かったから殺されたのではという憶測も飛び交っていたのでな」

「玄武公の次男……」

確かに麒麟寮に編入してきた玄武公の次男とは多少の揉《も》め事はあったのだが、そんなことが吹き飛ぶぐらい奇妙な事態になっていることを知る者はいない。

「それにしてもレイシ様がお喜びになられるだろう。お会いしてみるか？」

「あ、会えるのでございますか？　レイシ様に！」

董胡は喜びで飛び上がりそうになった。

ずっと夢に見てきたレイシとの再会が、こんな思いがけないところで叶《かな》うとは。

「うむ……。実はレイシ様は……」

翠明は何かを言いかけて、少し考え込んでから続けた。

「その……王宮で働いておられる」

「王宮で？　では、ここにおられるのですか？」

まさか同じ王宮にレイシがいるなどと考えもしなかった。

「うむ。その……詳しくは言えないが皇宮の中におられるのだ」

「皇宮……。では、神官様なのですか？」

皇宮で働くといえば麒麟の神官職が一般的だ。

「そうだな。うむ。神官のようなものだ。重職ゆえに詳しいことは話せぬが」

「レイシ様は神官のお血筋だったのですね。そんなお偉い方だったなんて……」

皇帝と同じ麒麟の血を引く貴族、つまり皇家一族ということだ。

「うむ。それゆえ、皇宮を簡単に出ることは出来ぬ。言葉を交わせる距離では会えぬと思うが、それでもよいか？」

「は、はいっ！　一目、垣間見る《かいまみる》だけでもいいからお会いしたいです！」

こうして董胡は翠明に案内されて皇宮の金色の塔を見上げることの出来る植え込みに隠れて、しばし待たされることになった。

◆

黎司は居室の文机《ふづくえ》で、一心不乱に経典を写していた。

流れるような運筆で一文字一文字に思いを込めて書き写す。

しかし先日の玄武の后《きさき》の言葉を思い出し、手が止まる。

『私の侍女は、ただ帝《みかど》に美味《おい》しい饅頭《まんじゅう》を召し上がってもらいたいとお出ししただけです』

そう言われた瞬間に、五年前の董胡の言葉を思い出した。

董胡が貴重な薬剤を使って出してくれた重湯をなぎ払い、組み伏したあの時。

董胡は涙を浮かべ『私はあなたを助けたかっただけなのに』と呟《つぶや》いた。

あの瞬間、黎司の中のすべてが変わったのだ。

その涙と言葉に、頭を殴られたような衝撃を感じた。

そこには、まがうかたなき真実の響きがあった。

うわべだけの言い繕いや、お世辞、おべっか、二枚舌。人とはそんな言葉しか吐かないものだと思っていた。

誰もが嘘ばかりで、話すたび、触れ合うたび、気力を奪っていく。

人の世に、もはや何の希望も未練もない。

それでも若い生命力は、周りの思惑通りに死んでいくことを拒絶して逃げ出した。

生きたいとも思っていないのに、素直に死に逝くのは納得できない。

自分でも自分が何をしたいのか分からない。

もう何もかもどうでもよかった。だが……。

ただ真っ直ぐに自分を助けようとしてくれた真摯《しんし》な涙を見て、空虚しかなかった黎司の心の中に、じんわりと温かな魂火《こんか》が宿ったのだ。

誰に命じられたわけでもなく、黎司の身分も知らず、助けようとしてくれる存在。

この存在があるなら、もう一度この腐りきった世の中を信じて生きてみようと思えた。

「少しは成長したと思ったが、私はあの頃と何も変わってないのだな……」

あの時と同じような真似をして侍女が出した饅頭を踏みつけてしまった。

不思議なことに、怒りの込もった玄武の后の言葉が董胡の言葉のように聞こえた。

「死して、私を叱りにきたのか、董胡。相変わらず不甲斐《ふがい》ない男だと……」

黎司の目から一筋の涙が流れ、経の文字をにじませた。

父帝が死んでも一滴も流れなかった涙が、董胡を失ってとめどなく流れる。

「董胡。私の治世にはそなたが必要だったのだ。なぜかそれだけは分かる」

玄武公は意図していなかったかもしれないが、見事に黎司の片翼を奪った。

どんな腹黒い陰謀よりも致命的な一撃をくらわせたのだ。


その時、慌ただしい足音が近づき「陛下、失礼致します」と叫んで翠明が入ってきた。

黎司は慌てて袖《そで》で涙をぬぐい、不機嫌な顔を向けた。

「なにごとだ、翠明。誰も入るなと伝えておいたはずだぞ」

翠明であっても泣き顔を見られたくなかったというのに。

「それどころではありません！　早急にお知らせすることがございます！」

「なんだ。また玄武公が良からぬ企《たくら》みでもくわだてたか」

即位してから聞く知らせは、どれもろくでもないものばかりだった。

「董胡が見つかりました！」

「!?」

黎司は一瞬耳を疑った。願望のあまり聞き間違えたのかと思った。

「董胡が生きておりました！　しかもこの王宮におります！」

「な、なんだと？　まさか！」

「玄武のお后様の専属医官に召されていたようでございます」

「玄武の后の？　本当なのか？」

黎司は目の前がぱっと明るくなったような気がした。

「はい。実は一目会いたいとのことで、宮の外の植え込みに待たせております」

「董胡に会えるのか？」

黎司は信じられない思いで立ち上がった。


董胡は植え込みに姿を隠しながら、翠明が姿を現すのを待っていた。

皇宮をぐるりと囲む生垣は董胡の背よりも高く、綺麗《きれい》に刈り込まれていた。その生垣の下から中庭の方に這《は》い出すと、まだ若い棗《なつめ》の低木がちょうど董胡の背の高さで群生していた。

(見事な棗だな。これは良い生薬になる)

ちょうど褐色に色づいた棗の実がたわわに垂れ下がっていた。

棗は乾燥させると大棗《たいそう》という名の生薬になり冷えや貧血にも効くが、生のままでも林《りん》檎《ご》のような食感で甘味があり、様々な料理に使える便利な食材になる。

(落ちた実ならもらってもいいよね)

そんな場合ではないのだが、生薬の材料を見つけてしまうと気になってしまう。董胡の病気のようなものだ。なかなか現れない翠明を待ちながら夢中になって拾い集めた。

(本当にレイシ様はいらっしゃるのだろうか……)

金色の皇宮は二階部分に外周をめぐる回廊がある。中庭が広くてかなりの距離があるが、回廊には等間隔に衛兵が立っていた。董胡は見つからないように棗の木々の隙間からそっと見上げる。

しばらく待っていると、翠明が二階の回廊に姿を現し、衛兵たちが次々と拝座の姿勢になって頭を下げるのが見えた。

そして翠明の後ろから同じぐらいの背丈の人物が現れた。

緋色《ひいろ》の被衣《かつぎ》(頭からかぶる薄絹の単《ひとえ》)を纏《まと》っていて、顔は見えない。

(レイシ様?)

五年前は翠明よりも背が低かった印象だから、ずいぶん背が伸びたようだ。

だが立ち姿の優雅さに、どこか面影を感じる。

見える範囲の衛兵がすべて拝座になったことを確認して、翠明が董胡に植え込みから出るように手で合図した。

董胡はそっと植え込みの前に出て回廊を見上げた。

それと同時にレイシは朱色の高欄《こうらん》に近寄り、被衣をゆっくりと背に下ろした。

五年前は角髪《みずら》に結っていた髪は、成人男性らしく一部を頭の上で束にして長い織紐《おりひも》で結び、残りを背に流している。緋色の袍は翠明のものより黄色が深い。着重ねた衣装は、襟元や袖口《そでぐち》に五色の層を作り、垂れ下がる織紐の装飾が美しい。

立っているだけで絵巻物のように麗しかった。

そっとこちらを見下ろす瞳《ひとみ》は涼しげに澄んでいて、鼻筋は一層高くなった。

天人のような顔立ちはそのままに、男らしく精悍《せいかん》な雰囲気になっている。

(レイシ様だ……。間違いない……)

感極まって涙が溢《あふ》れた。

この五年、再会できる日を夢に見続けたレイシなのだ。

玄武の后となってからは、もはや叶《かな》わぬ夢だと諦《あきら》めていた中での再会だった。

(ああ、やはりお美しい。想像の中で美化されていたのかと思ったが、現実に成長したレイシ様の方が数倍麗しいお姿だった)

レイシは董胡を見下ろしながら、何か言いたげに口を開きかけたが、周囲を気にして口を閉じ、ただ柔らかな微笑みだけを浮かべた。

その微笑みを見て、董胡は慌てて片膝《かたひざ》をつき拝座の姿勢で深く深く頭を下げた。

(やはり私がお仕えしたいのは、世界中でこの方、ただ一人だけだ)

変わらぬ忠誠を胸に、溢れ出る涙をぬぐいながら、董胡はいつまでも頭を下げ続けた。

八、皇帝の薬膳饅頭

「鼓濤様……ぼんやりして何かあったのでございますか？」

「不躾《ぶしつけ》ながら、医官に変装した日から少しおかしいですわよ。もしや誰かに正体がばれたのではございませんでしょうね？」

侍女二人が心配そうに董胡の顔を覗《のぞ》き込んだ。

あのあと董胡の処方した薬湯で壇々はすっかり元気になっていた。

「ば、ばれてないよ。心配しないで」

本当は翠明にばれたのだが、この二人にそんなことを言うわけにはいかない。

翠明にもレイシのことは誰にも他言しないように言われていた。特に玄武の后《きさき》には内密にするようにと言われたが、その后本人なのだとはもちろん言えなかった。

「なんだかまるで恋煩いでもしているかのようにぼんやりしていますわ……」

「そ、そんなんじゃないよ！」

「いくらうつけの帝《みかど》に失望したとしても浮気はだめでございますよ！　死罪ですから」

「分かってるよ。違うったら」

だが、レイシを見て以来、目を閉じればレイシの姿が浮かぶ。

あの方のお側に仕えることができたらと願ってしまう。

「そういえば、また色が見えなくなっていた。拒食が治ってないのだろうか……」

「え？」

「あ、ううん。なんでもない」

「それより今日は何の饅頭《まんじゅう》を作られるのですか？　私は毎日それが楽しみで」

壇々は元気になってから、以前にも増して食欲が旺盛《おうせい》になっている。

「今日は饅頭じゃなくて棗の甘煮を作ろうと思うんだ。このまえ外に出た時にたくさん拾ったんだ。ほら見て。大ぶりで見事な実でしょ？　蜂蜜《はちみつ》ときび糖で少し煮込むだけで最高のお茶菓子になるんだ。たぶん壇々は気に入ると思うよ。茶民には少し甘いかもしれないけど、気血を整える効果があるから薬だと思って食べるといいよ」

拾った半分を甘煮にして、残りは乾燥させて生薬の大棗にしようと思っている。

うきうきと説明する董胡だったが、茶民は渋い表情になった。

「もう、鼓濤様！　皇帝のお后様が木の実拾いなどやめて下さいませ。いくら医官の恰《かっ》好《こう》だからといって立場をお忘れになりすぎでございます！」

茶民の言う通り、医官姿になったせいで気持ちが本来の董胡に戻ってしまっていた。

「それに欲しい食材があれば、今ならどんな食材も頼み放題ですわよ。先日の帝のお渡りで、再び玄武の后宮が序列の最上位になりましたもの。他の宮は初見えしか通っていらっしゃらないようですね」

「うん。そうみたいだね」

結局、次の大朝会でも玄武が筆頭で、二番手になっていた朱雀の侍女頭にずいぶん睨《にら》まれた。どんな手を使って陛下を呼び寄せたのかと問い詰められた。

初見えで御簾《みす》を切り捨てられ、二回目には出した饅頭を踏みつけられたなどと言ったら仰天されることだろう。幸い、それは誰にも知れ渡っていなかった。

「嫌な思いはしましたけど、これで当分最優先の食材が手に入りますわ」

「今のうちに御用聞きにたくさん注文しましょうよ！　いつまで最上位でいられるか分かりませんもの」

「というか、さすがにもう二度と通ってこられないと思うよ」

つい腹が立って、帝相手に声を荒らげてしまった。後で考えてみれば、よく斬り捨てられなかったものだと冷や汗が出た。危うく董胡こそ大鯰《おおなまず》のえさになるところだった。

しかしこれではっきりと決別できた。董胡も二度と会いたくないが、帝も同じ気持ちになったはずだ。

だがその時、部屋の外から女孺が「お手紙が届きました」と声をかけてきた。

「手紙？」

茶民が女孺から受け取って董胡に渡した。

飾り小箱の中に、真っ赤なもみじの葉と手紙が入っていた。なんとも風雅だ。

そして手紙を開いて驚いた。

「み、帝からだ！」

「ええっ⁉」

侍女二人も驚いている。

「な、なんで？　明日《あした》、またこちらに渡ってこられるみたいだ」

しかも先触れの使いだけじゃなく、心尽くしの手紙で知らせるなんてあり得ない。

「ど、どうしてでございますか？　あんなことがあったのに……」

「よほど変わり者なのですわ！　それとも私たちをいじめて楽しんでいらっしゃるの？」

「わ、分からないけど、一応謝罪の言葉が書かれている。それから……先日出してくれた饅頭を食べたいって。どういうことだろう？」

「まあ！　先日は踏みつぶしておいて、よくも抜け抜けと」

「恐ろしや。私はもう怖くて出せないわ……。茶民、お願いよ」

「ええっ⁉　私も嫌よ！　今度こそ斬り捨てられるわ」

玄武の后宮は大騒ぎになった。


翌日の夜にやってきた帝は毒見の侍従を一人連れてきた。

どちらが饅頭を出すか言い争っていたが、侍従が受け取り帝の御座《おまし》に運んでくれた。

そして帝の指し示す一つを毒見すると、部屋から下がっていった。

「先日は済まなかった。あの後、深く反省し、そなたの言う絶品饅頭を食べてみたくなったのだ。無理を言って悪かったな」

「……………」

董胡は三つ指をつきながら、初めて聞く柔らかい声音に戸惑っていた。

「この饅頭は大膳寮で作られたものではないな。誰が作っているのだ？」

董胡はぎくりとしながら、震える声で答えた。

「これは私の召し抱える薬膳《やくぜん》師が作っております。饅頭作りが得意でして」

「やはりそうであったか……」

「え？」

「いや、なんでもない。ではいただこう」

帝は高盆に盛られた饅頭の一つを手に取ると、そっとかじった。

「これは……何が入っている？」

「ほ、本日は干しエビと松の実を使った饅頭だそうでございます」

董胡は不安げに御簾の向こうの帝の様子を窺《うかが》った。

味の好みが分からないので、旨味《うまみ》の多い無難な食材で作ってみた。

(色が見えないのは部屋が暗いから？　それとも帝もレイシ様と同じく拒食なのだろうか？)

五年前、レイシの拒食を診て以来、拒食の患者に食べさせられる物はないかと研究を重ねてきた。そしていろいろ試した結果、拒食の者が一番食べてくれたのがこの饅頭だった。

「美味《うま》い……。美味いな、この饅頭は……」

帝の呟《つぶや》きに驚いて、董胡は顔を上げた。

「こんなに美味い饅頭は初めて……いや、二回目だ」

帝は言いながら、ぱくぱくと饅頭を食べている。

董胡は言いようのない喜びが沸き上がるのを感じた。

もともと自分の作った饅頭で人を笑顔にするのが董胡の生き甲斐《がい》でもあった。

あの傍若無人な帝が、これほど喜んでくれるとは思わなかった。

これまでの無慈悲な行いも忘れて、温かな気持ちが溢《あふ》れてくる。

(なんだ。そんなに悪い人ではないじゃない)

不思議なもので、自分の饅頭を美味《おい》しいと言って食べてくれる人を悪くは思えない。

嫌悪感しかなかったはずの帝が、いい人にさえ思えた。

そして帝は、満足するだけ食べ終えると「また来る」と言ってあっさり帰っていった。

黎司が居室に戻ると、待ち構えていたように翠明がやってきた。

「ずいぶんお早いお帰りでございましたね」

「饅頭を食べただけだからな」

「玄武の后宮は料理屋ではございませんよ」

翠明は久しぶりに顔色のいい黎司を見ておかしそうに言う。

「料理屋であれば毎日通う。日に二度通ってもいい」

「お后様に迷惑がられますよ。ではやはり董胡の作った饅頭《まんじゅう》でございましたか？」

「ああ。間違いない。宮に召し抱える薬膳師と言っていたが、董胡のことで間違いないだろう。以前食べた饅頭とは違うが美味かった。美味いと感じた」

董胡が玄武の后宮にいると知って、先日出された絶品饅頭のことを思い出した。

あの時、踏みつけてしまったことを心から後悔して詫《わ》びの手紙を書くことにした。

ついでにどうしても食べたくなった。

「不思議だな。董胡の作るものだけが、私にとっては食事なのだ。舌が喜び、喉越《のどご》しが良く、臓腑《ぞうふ》にすっきりと収まる。血肉となり体の隅々まで行き届くのが分かる」

翠明から見ても黎司の生命力が増したように思える。

「良いことでございました。これからはいつでも董胡の饅頭が食べられますね」

「玄武の后の許《もと》に行かねばならないのが面倒ではあるがな。私は饅頭が食べたいだけなのに先触れやら手紙やら手間がかかる」

「ではやはり正体を明かして、貴族の身分を与え皇帝付きにするように命じますか？」

そうすれば好きなだけ董胡の食事が食べられる。

「いや、それは今はしたくない。私はまだ董胡との約束を守れていない」

董胡が立派に薬膳師の道を歩き始めているのに、皇帝の権力だけをかさに召し抱えるようなことはしたくなかった。

久しぶりに見た董胡は、五年前とほとんど変わらなかった。

ほんの少し背が高くなったようだが、それでもまだ少年のようだった。

五年も経てば、もっと大人びて髭《ひげ》でも生やしているかと思ったが、あまりに昔のままでおかしくなった。真っ直ぐに澄んだ大きな目もあの頃のままだ。

「なあ、翠明。董胡は……玄武人らしからぬ顔つきだと思わぬか？」

玄武の者は切れ長の一重の目の者が多い。董胡のように大きな目をした者は滅多にいない。五年前も思ったが、玄武の中ではとびきりの美童だった。

「まるで朱雀の舞い童子のようだ」

舞い童子は、朱雀の美少年ばかりを集めた芸団だ。その中に入ったとしても一、二を争う美童に違いない。

「確かに美しい少年ですね。だから私も見かけた時にすぐ董胡だと分かったのです」

「玄武の后のお気に入りなのかもしれぬな。今、董胡を取り上げようとすれば、事が大きくなるかもしれぬ。私のことを良くは思っていないだろうしな」

「左様でございますね。しばらくはこのままの方が良いかもしれません」

ともかく、即位後ようやく明るい兆しが見えてきた。

◆

即位の式から二十日ほどが過ぎて、初めての殿上会議が開かれた。

殿上会議は皇宮の一階にある殿上院で二院八局の重臣達が集まって開く会議だ。

二院とは神祇院と太政院《だじょういん》のことで、神祇院は麒麟の血筋の神官と皇族で成り立っている。

そして太政院の長となるのは太政大臣で、その下に左大臣と右大臣がいて、これらの人々は皇族の中から任命される。さらに左右大臣の下に八局があり、その長となるのが四公とその家系の者であった。

例えば、皇帝の詔勅や宣旨などを司《つかさど》る中務局の長は玄武公亀氏《きし》であり、軍事を司る兵《ひょう》部《ぶ》局の長は青龍公龍氏《りゅうし》、財宝の管理をする大蔵局は白虎公虎氏《こし》、宮廷式典を司る治部局は朱雀公鳳氏《ほうし》という具合だ。

そしてこの会議の表向きの主役であるのが高御座《たかみくら》に座る皇帝だった。

漆塗りの四角い基壇の上に八角形の天蓋《てんがい》から垂れ下がる緋色《ひいろ》の帳《とばり》に囲まれた玉座がある。基壇の側面には四神が色鮮やかに描かれ、天蓋の上には麒麟の雛形《ひながた》が鎮座していて、黎司はその仰々しい囲いの中に物言わぬ木偶《でく》のように座っていた。

「改めまして、皇帝陛下のご即位、おめでとうございます」

玄武公が真っ先に口を開く。

先帝の時からまったく同じ顔ぶれのままの殿上会議は、黎司が神祇院の皇太子席から高御座に移動しただけで何も変わってはいない。

味方と言えるのは、黎司を子供の頃から可愛がってくれた大叔父《おおおじ》にあたる太政大臣の孔曹《こうそう》だけだ。孔曹がいるから、この敵だらけの王宮で生き延びることが出来、無事即位にこぎつけられたと言っても過言ではない。

正義感の強い頑固者で、唯一玄武公が逆らうことの出来ない相手だった。

だがすでに七十歳を過ぎて、いつまで健在でいられるか分からない。

「それにしても先帝の急逝から慌ただしい日々で陛下のお体が心配ですな。宮内局の話によりますと、食事もほとんど残されて、部屋に籠《こも》ることも多いとか」

いかにも心配そうに言っているが、目の奥が嗤《わら》っている。

「お后様の宮にもあまり通っておられないご様子ですな。初見えの儀式もぎりぎり間に合ったとか。我が青龍の后宮にも初見え以来お見えがないと嘆いておりますぞ」

青龍公も含みのある言い方だ。

「そういえば即位の式典で的当てが外れた時は肝を冷やしました。大失態を犯した弓師は処分したのでしょうな、龍氏殿」

白虎公が言うと青龍公はにやりと微笑んだ。

「もちろん牢《ろう》に入れて取り調べております。帝《みかど》の大事な即位式に泥を塗ったのですからな。おかげで民の中には新しい皇帝陛下は麒麟の力をお持ちでないと騒ぎ立てる者たちも出る始末で。暴動が起きなければいいと思っておりますが」

「困ったことになりましたな。我が玄武の都でも、弟宮様の方が皇帝に相応《ふさわ》しいなどと、陛下の譲位を直訴してくる者が後を絶ちません。朱雀の都はどうですかな？」

玄武公に問われ、朱雀公は答えに窮している。

「そ、そうでございますね。多少はそのような噂も聞こえて参りますが……」

現在の朱雀公は前の朱雀公の血筋が絶えた後、紆余《うよ》曲折の末に新しい朱雀公に担ぎ上げられたため立場が弱く、本人の性質も気弱な男だった。

この四公によってほとんどの議題は進められ、麒麟の神官や左右大臣は、力あるものに従属する風潮が長く続いている。

「皆様、慎みなされい。陛下の御前であるぞ」

太政大臣である孔曹がたまりかねて口を挟む。

「陛下はまだ即位されて日も浅く、これからではないか。そなたらがしっかり民を抑えておれば、じきに陛下も立派な皇帝となられようぞ」

黎司は孔曹に庇《かば》ってもらう以外、何もできない自分が情けなかった。

黎司を無視して、重臣たちだけで話は進んでいく。

先読みの出来ない皇帝など、高御座に座る人形でしかない。

「ではこうしてはどうでしょうか？　即位式の失敗を挽回《ばんかい》するために、今一度先読みの儀式を開き直してみては。ちょうど紅葉の宴《うたげ》を開く時期でございます」

「おお。それはよい考えですぞ。そこで今度こそ的を当てて皇帝の力を見せるのでございます。さすれば民の混乱も収まりましょう」

「ならば弟宮様との先読み比べなどにしてみてはどうでしょうか？　陛下が弟宮様より優れていることを示せば、民も納得するでしょう」

黎司は高御座で拳《こぶし》を握りしめた。

ちらりと皇子の席に目をやると、弟の翔司が真っ直ぐにこちらを見つめている。

まだ成人前の翔司は髪を両脇で束ねた角髪結いだった。幼い頃より愛情をいっぱいに注がれた育ちの良さのようなものが滲《にじ》み出ている。黎司ほどの華やかさはないものの、実直で生真面目な好青年で、その素直さゆえに伯父《おじ》である玄武公を信頼しきっていた。

（あのように激しい目で私を見るようになったのはいつからだろうか……）

幼い頃は兄の後をついて回る無邪気な弟だった。それがいつからか、黎司のそばに近付かなくなり、会ってもよそよそしい態度をするようになった。そして気付いた時には、憎しみすらも浮かぶ目で兄を見るようになっていた。

おそらく玄武公はまた黎司の書いた数字と違う的に当てるように弓師に指示するはずだ。そして翔司の書いた数字の的を射るようにと。

今度こそはっきり見比べて黎司よりも翔司の方が皇帝に相応しいと示すために。

翔司は何も知らないまま麒麟の力が芽生え始めたと信じ込まされているのだろう。

真実を話したところで、自分を陥れるために言っているのだと逆に疑われるだけだ。ぎりりと唇を嚙《か》みしめるが、黎司が反対したところで四公が決めたことを覆すことなど出来ない。殿上会議における皇帝とは、その程度の者に成り下がっていた。

殿上会議の後、黎司は祭壇に向かい、手印を組んで祈りを捧《ささ》げていた。

皇宮の三階部分が皇帝専用の祈禱殿になっている。

祭壇の真ん中には大きな銅鏡が据え置かれ、両側にかがり火が灯《とも》っている。

皇帝の仕事の基本は、殿上会議を開くことでも、勅命に玉璽《ぎょくじ》を押すことでもない。

この祈禱殿で神に祈り、民の平安を願い、天術を授かることだった。

初代創司帝は、ここで未来を読み、国を導いたと言われている。

だがどれほど籠ってみても、黎司には何も見えてはこなかった。

父帝は、病弱を理由にほとんど祈禱殿に入ることもなかったと聞く。

どれほど祈っても、何も見えないのだから無意味なことだと思ったのだろう。

誰も気付いていないが、今が伍尭國の大きな転換点だと黎司は思っていた。

「創司帝。どうか私に力を下さい。四公の尽力により国は確かに潤い、豊かになった。

だが、富と権力を持ち過ぎた四公は、自分達が神になったかのように勘違いしている。

民から利益を搾取し、従わぬ者を殺戮《さつりく》することにさえ躊躇《ためら》いもない」

表面的に栄えているように見えるが、裏で理不尽な搾取と暴虐にさらされている人々が増えている。貧富の差が大きくなり、四公がそれぞれの分野の富を独り占めして支配しようとしていた。弟の翔司が皇帝になった瞬間からその流れは一気に加速するだろう。四公、特に玄武公は先帝の時代に力を蓄え、翔司を皇帝に押し上げ国を牛耳るつもりだ。

彼らが見ているのは国の安寧ではない。自らの富と権力だけだ。

いずれ四公はお互いに潰《つぶ》し合うようになるだろう。戦乱の時代に突入してしまう。

そうならないために麒麟の力で均衡を保つのが皇帝の本来の務めだった。

「くそっ。結局何もできないのか！　あまりに味方がいない！」

黎司の味方をして玄武公に睨《にら》まれることを貴族たちは恐れている。

結局、玄武公の思惑通りに物事は流れていってしまうのだ。

「こんな私に何ができるというのだ！　神よ、答えてくれ！」

だが、もちろん何も見えてはこない。

大きなため息をついて立ち上がろうとした黎司は、ふと部屋の隅に男が佇《たたず》んでいることに気付いた。

「誰だ！」

窓のない薄暗い祈禱殿の隅に、拝座の姿勢で顔だけ上げてこちらを見つめる男がいた。

真っ赤な長い前髪で右目が隠されていて片目しか見えない。黒ずくめの衣装は異国風の見たことのないものだ。暗闇にぼうっと浮かぶようなその姿に、黎司はぞっとした。

(死神か?)

そう思わせる陰気な風貌《ふうぼう》だ。

「私の命を奪いにきたのか?」

どうやら神ではなく死神が現れてしまったらしい。

そう考えると、黎司はおかしくなった。

「ふふ。それが、神が私に下した結論か。ならば好きにするがいい」

「…………」

だが男は無言のまま黎司を冷ややかに見つめている。

その時、ふっと黎司の頭の中に名前が浮かんだ。

「魔毘《まび》……」

なぜだか分からないが、この男の名が魔毘なのだと確信した。

そして魔毘と呼ばれた男は、にやりと微笑むと、すうっと暗闇に溶け込むように消えてしまった。

「魔毘……。幻でも見たのか? 今のは何だったのだ……」

その後、どれほど目を凝らしても、もう魔毘の姿は見えなかった。

◆

「もう！　不躾《ぶしつけ》ながら、いったい、なんなのでしょう！　鼓濤様」

「今日も帝《みかど》がおいでになるのですか？　このところ毎日でございます。恐ろしや」

二人の侍女は饅頭《まんじゅう》を練る董胡に、迷惑そうに言い募った。

「しかもおいでになっても饅頭だけ食べて帰っていかれるのでしょう？」

「ここは饅頭屋ではございませんのに……」

董胡はくすりと笑った。

「良いではないの。私は饅頭屋と思ってくれている方が嬉《うれ》しい」

今さら后《きさき》の扱いなどされても困る。

だが饅頭なら、心を込めて帝の喜ぶものを作ってあげたいと思う。

帝の色は御簾《みす》ごしなのでよく見えないが、おそらくレイシと同じ拒食の症状があるのではないかと思われた。

(王宮は薄味の味気ない料理ばかりだから、拒食の人が多いのかもしれないな)

たまに蠟燭《ろうそく》の薄明りに見える帝の光は、まるで離乳食を食べ始めたばかりの幼子のようであった。

甘味の黄、塩味の黒、酸味の青、辛味の白、四色が均等に淡く淡く出ている。苦味の赤は幼子に出ることはほとんどない。大人の味覚だ。

日々の二度の食事、空腹時に食べて感動した食べ物、幸せな思い出と共に食したもの。そんな経験の数々が人の味覚を育て、好みの味が出来上がっていく。

今の帝は好みが出来上がる前のまっさらな味覚をしている。

他の人には薄く感じる味付けでも、帝の舌には刺激が強いはずだ。

(レイシ様もまだこのような状態かもしれない)

本当はレイシに饅頭を作ってあげたいが、今は難しい。

(だったらせめて、レイシ様に作るつもりで、心を込めて帝の饅頭を作ろう)

董胡はそんな風に思っていた。


「今日は何の饅頭だ?」

帝は、いつものように毒見の侍従を下がらせてから董胡に尋ねた。

「唐芋をふかして、金針菜《きんしんさい》を入れたそうでございます」

金針菜は梅雨時に採れるユリ科の花のつぼみだが、そのまま食べると毒がある。しかし乾燥させて熱を通すと、栄養価の高い生薬となる。

独特の歯ざわりのある金針菜を茹《ゆ》でて淡く味付けし、細かく刻む。芋のとろける食感と金針菜の歯ざわりが、敏感な舌を薄味でも満足させてくれるはずだ。

「どうぞお召し上がりくださいませ」

帝は頷《うなず》き、ほくほくと湯気の上がる饅頭を頬張った。

嬉しそうに食べる様は、五年前のレイシを思い起こさせた。

(なんとかレイシ様にも饅頭を食べさせて差し上げたいけど……)

あれから翠明には会えていない。

慌ててレイシを呼びに行ったため、連絡方法を決めていなかった。

翠明が玄武の后宮に連絡をくれるといいのだが、一の后に知られることを警戒しているのかもしれない。一の后が董胡だと知らないのだから仕方がない。

今後のことも考えあぐねていた。

とりあえず、卜殿と楊庵の安全を確保するのが先決だが、その後、董胡が王宮を抜け出す必要はなくなった。なぜなら、一番仕えたいレイシがこの王宮にいるのだから。

そして翠明の話では、董胡を召し出すつもりだったようだ。

ならば医官、董胡に変装してこの后宮から消えてレイシの許《もと》に行ったら……。

それは董胡にとっては夢のような展開だ。

だが、后宮から突然一の后である鼓濤が消えてしまったら、茶民や壇々や女孺たちはどうなるのか？　責任を問われ牢《ろう》に入れられ、下手をすれば死罪にもなりかねない。

そう考えると、安易に動くわけにもいかなかった。

「そなたの宮の薬膳《やくぜん》師は素晴らしいな。私が感心していたと伝えてくれ。いや、褒美を出そう。次に来る時に渡そう。何が欲しいか聞いておいてくれ」

帝は満足に食べ終わると、董胡に告げた。

「いえ。畏《おそ》れ多いことでございます。お褒めのお言葉だけで充分でございます」

董胡が答えると、帝は少し考えて遠慮がちに尋ねた。

「一応聞いてみるのだが……そなたの薬膳師を私に譲ってはくれぬだろうか？」

「え!?」

董胡は驚いて顔を上げた。思いがけない申し出に混乱した。

帝が今譲って欲しいと言っているのは、玄武の后付きの薬膳師・董胡であり、一の后である鼓濤自身のことでもある。

そんなことになったら大変なことになる。

帝付きになってしまったら今までのように自由に動けなくなるし、レイシの許にも行けなくなる。それ以前に玄武の一の后が消えてしまう。

「そ、それだけはご容赦下さいませ。その……私にとっては家族のように大事に思っている者でございまして。どうかそれだけは……」

青ざめた董胡だったが、帝は意外にもあっさりと引き下がってくれた。

「いや、そうであろうな。言ってみただけだ。心配せずとも無理やり召し上げるようなことはしないから安心するがいい」

「あ、ありがとうございます」

最初、乱暴で自分勝手に思えた帝だったが、日々を過ごすうちにみんなが噂するほど嫌な人ではないと気付いた。あれは本来の姿ではなかった。

（むしろ穏やかで聡明《そうめい》な方のように思える。この方が本当に宮女を何人も斬り捨てたりしているのだろうか）

父であるはずの玄武公の方が余程横暴で危険な人だ。

「そなたも父から聞いているのであろう。私は玄武公にとって目障りな皇帝なのだ。思った以上に短い治世かもしれぬ」

突然の帝の話に董胡は驚いた。なにかあったのか、今日は少し様子がおかしい。

「ま、まさか、そのようなこと……」

「どうも死神に好かれてしまっているようだしな」

「死神？」

その不穏な言葉に董胡はぎょっとした。

「今度の紅葉の宴が最後かもしれぬ。そなたもこのような皇帝に嫁いで不運であったな。私が退位した後は引き留めることはせぬゆえ、身の振り方を考えておくがいい」

「へ、陛下……」

「その薬膳師も大事にしてやってくれ。頼んだぞ」

董胡はなぜか五年前のレイシを思い出していた。

自暴自棄になって死に場所を探しているような、あの日のレイシを見ているような気がする。何か言葉をかけなければと思った。

「なにがあったのか存じませぬが、どうか希望を捨てないで下さいませ。諦《あきら》めなければ必ず道が見えて参ります。私は陛下を信じております」

帝は驚いたように董胡を見た。

「私を信じる？　そなたは……玄武公の息がかかった者ではないのか？」

「私は一の后として嫁ぐように言われただけでございます。嫁いだからには、全力で陛下をお支えするのみでございます。どうか私のために諦めないで下さいませ」

「そなたのために？」

「はい。夫に退位されては困ります」

「………」

帝は一瞬呆気《あっけ》にとられたように黙り込み、やがてふっと笑った。

「主従は似てくるというが……ふふ……そなたは……」

「え？」

「いや、なんでもない。私はそなたを誤解していたかもしれぬな」

「陛下……」

「そなたのお陰で大切なことを思い出した。かつての私に一筋の光明をくれた少年の言葉を」

「少年の言葉？」

「このような私を必要としてくれている者が僅《わず》かにもいたのだったな」

「も、もちろんでございます。僅かどころか伍尭國中の民が陛下を必要としております。万民のためにしっかり生きてくださいませ」

「伍尭國中の民が？」

帝《みかど》は意外なことのように聞き返した。

「本当に民は私を必要としてくれているだろうか？」

「当たり前でございます。平民や貧民にとっては神に等しきお方でございます。どの村にも麒麟のお社《やしろ》があり、村人はみな皇帝陛下を崇《あが》めております」

少なくとも董胡の周りの村人は、噂するのも畏れ多いと思うほど崇拝していた。だが皇宮に住まう帝は、それを実感できる距離にはいないのかもしれないと董胡は思った。

「そうか……。私は……大事なことを忘れていたかもしれぬな……」

帝は何かに気付いたように呟《つぶや》いた。

「陛下？」

「私は誰のために祈っていたのか……。皇帝となっていながら、私は自分の立場の弱さばかりを嘆き、誰のための皇帝であるのか忘れていたのかもしれない……」

帝はすっくと立ちあがると、迷いを吹っ切ったように晴れやかに告げた。

「もう一度……出来る限りのことをやってみよう。初代創司帝は国を築かれたと同時に祈禱殿で毎日欠かさず民のために祈りを捧《ささ》げておられたと聞く。皇帝である私が本来すべきことは、建国当時の初心に返って民の心に寄り添うことであった」

そうして「また来るぞ」と言って帰っていった。

九、紅葉の宴

皇帝主催の宴《うたげ》は皇宮の南側の庭園に面した宴の間で開かれた。

殿上院のちょうど反対側で、朱雀の后宮の屋根が遠くに見えている。

朱雀の管轄の治部局が取り仕切り、紅葉が色づく庭先の舞台では雅楽団や踊り子たちが賑《にぎ》やかに音楽を奏で、舞いを披露していた。

広く開放された大座敷には帝をはじめ、重臣たちがずらりと並んでいる。

四人の后《きさき》には御簾《みす》で仕切った個室が与えられ、庭園と舞台が見えるようになっていた。

董胡が座るのは一番眺めのいい特等席だ。横並びのため、董胡の位置から奥座敷に座る帝の姿は見えないが目の前の景色は素晴らしい。

「鼓濤様、すごいですわ……。こんな壮大な宴は初めて見ました。なんと麗しや……」

「ここは特等席ですもの。朱雀の芸妓《げいぎ》団って本当に美しいですわね。美女ばかりですわ」

御簾に一緒に入った壇々と茶民もすっかり興奮している。

「そういえば先ほど廊下で朱雀の侍女頭の方とお会いしましたわ。玄武のお后様はいったいどのような奥の手を使って帝を引き付けているのかと、しつこく聞かれました」

饅頭《まんじゅう》を食べに来ているだけなのだが、一応帝のお渡りには違いないので、毎日通うほどの寵愛《ちょうあい》を頂いているということになっている。

「いつもの侍女頭はどこにいるのか……とも聞いておりました」

朱雀の侍女頭は、大朝会のたびに董胡にからんでくる。

ちょっと懐かれているようにすら感じる。

「私の顔を見られないように気を付けないとね。后自身が侍女頭だなんて思ってもいないだろうから」

煌《きら》びやかな舞姫たちの踊りを堪能《たんのう》しながら、宴膳《うたげぜん》をいただく。男性貴族には酒が振舞われ、中庭には雅《みやび》やかに仕切られた茣蓙《ござ》に座り饗宴《きょうえん》を楽しむ貴族や、遠巻きに眺める王宮勤めの平役人たちの姿も見える。

賑やかな時間を過ごしていると、御簾の外から声がかかった。

「鼓濤様、よろしいですかな？」

ぞわりと嫌な感じがした。久しぶりに聞く威圧感のある声だ。

「わざわざのお越し、痛み入ります」

悠然と入ってきたのは玄武公であった。

董胡の両脇に座る茶民と壇々が慌てて両手をついてひれ伏した。

輿入《こしい》れの時に挨拶《あいさつ》をして以来、宮を訪ねてくるわけでもなく董胡に無関心のようであったが、さすがに同じ宴に参加しているからには挨拶のない方がおかしい。

玄武公は菫胡の前に座すと、拝座の姿勢で深々と頭を下げた。

「鼓濤様におかれましては、一の后宮でつつがなくお過ごしの上、帝のご寵愛も深く、お喜び申し上げます」

今まで実感がなかったが、初めて皇帝の后である自分の方が身分が上なのだと感じた。

おそらく玄武公は、菫胡に会えばこんな風にかしずかねばならないのが嫌で避けていたのだろう。

「ありがたきお言葉、恐れ入ります」

菫胡は扇で顔を覆ったまま、短く答えた。

玄武公は分厚い下まぶたが嫌みに垂れた顔でにやりと微笑む。黒目が小さいせいか、ひどく目付きが悪い。菫胡にはもはや悪人顔にしか見えなかった。

「いや、しかし、これほどまで見事に后を演じて下さるとは思いも寄りませんでしたぞ。濤麗に似て男性を虜《とりこ》にするのがお上手なようだ。想定外でございました」

「……………」

相変わらず嫌な男だ。できることなら自分の父であってほしくない。

「演じるとはどういう意味でございましょう？　私は真実、帝に尽くしております」

「ほほう。これは驚いた。鼓濤様も帝に心奪われてしまったようですな。すぐに惚《ほ》れるところも母親譲りでございますな」

「……………」

本当に最低な男だ。

「この宴で何を企《たくら》んでおいでですか？　私をどうしたいのでございましょうか？」

董胡はむっとして玄武公に尋ねた。

「ほっほ。企むとは何のことでしょうか？　私は帝主催の宴に招かれたまででございます」

「本当にそれだけでしょうか？」

先日の帝の様子から考えると、この玄武公に相当追い込まれているようだった。

「もちろんでございますとも。それどころか、即位の式典で先読みを外す失態をなさった帝に、もう一度、民の信頼を取り戻すべく、この宴で先読み比べをできるよう奔走致しました。この宴で帝は麒麟の御力を広く民に知らしめることでございましょう」

「先読み比べ？　誰かと競うということですか？」

「はい。人気の高い弟宮様と競って、帝の方が優れていることを示すのでございます。これで弟宮様を皇帝にと騒ぐ人々も大人しくなることでしょう」

その弟宮を一番担ごうとしているのは、この玄武公ではないのか、と董胡は思った。

「ですが、もし、その先読み比べで弟宮様が勝てばどうなるのですか？」

董胡は嫌な予感がした。

「はてさて。麒麟の天術を司《つかさど》る帝が負けるようなことがあるはずもございませんが、万が一そのようなことになれば……困ったことになりますなあ」

玄武公は、にやりと笑って答えた。全然困っている様子ではない。

（そういうことか……）

董胡は玄武公の顔を見てはっきりと分かった。

これは、はなから仕組まれたものだったのだ。

即位式で帝《みかど》が外したのも、すべて玄武公が裏で細工をしていた。

「大衆の声というものは困ったものでございます。噂が噂を呼び、おどろくほどの速さで町から町、村から村へと広がり、そのうねりを誰も止めることが出来ません。誰しもが偉大な御力を持つお方に従いたいと思う。これは自然な思いでございましょう」

董胡は扇の奥で玄武公を睨《にら》みつける。

「それが嘘やまやかしであっても……でしょうか？」

「ほっほ。大衆は見えたものだけを信じまする。大勢《たいせい》に訳も分からず迎合します。操られていることに気付かぬ、幸せな操り人形でございましょう。違いますかな？」

「…………」

この男の本性を見た。

この男にとっては、すべての人が思い通りに動く駒なのだ。

「ふふ。鼓濤様も帝の心配をしている場合でございましょうかな？　帝の退位と共に用済みとなられる御身は、目障りな捨て駒とならねば良いのですが」

「…………」

背筋がひやりと凍り付いた。

（まさか用が済めば私を殺すつもりなのか？　そんなまさか……）

「華蘭がどうにも鼓濤様を警戒しているようでございましてな。鼓濤様が帝のご寵愛を頂いていると聞いて不安がるのでございますよ。あれは父思いの娘でしてな。鼓濤様を生かしておけば、いずれ儂《わし》に災いをもたらすと、父の身をひどく案じるのです」

黒水晶の宮で見た、華蘭の突き刺すような視線と赤い唇が脳裏をよぎる。

あの時董胡が言い返した腹立ちを、こんな形で根深く返してくるとは思わなかった。

（なんて執念深い嫌な親子なんだ）

これは大人しくしていろという脅し文句だけではないようだ。

華蘭はどんな理由をつけてでも董胡を殺したいのだと確信した。

「少し余計なことを言い過ぎましたかな。それでは、間もなく始まる先読み比べを存分にお楽しみくださいませ」

言葉を失う董胡を見て、玄武公は満足そうに御簾から出て行った。

◆

玄武公が告げたように、宴の終盤になって先読み比べをする旨が告げられた。

何も知らされていなかった一般の貴族や役人たちがざわざわと騒いでいる。

「ど、どうなるのでございますか？　鼓濤様！」

「さっきのお館《やかた》様のお言葉はどういう意味だったのでしょうか？」

「まさか帝は、またお外しになりませんわよね？」

「恐ろしや。もしも弟宮様に負けたら、どうなってしまうのですか？」

茶民と壇々は玄武公の言葉に含まれた意味を理解できなかったようだ。

だが漠然と、帝が負けたら大変なことになるというのは分かったらしい。

「分からない。分からないけど帝はまた外されるだろう。弟宮様が勝つに違いない」

的を射る弓師が玄武公の意のままであるなら、勝ちようがない。

(帝は分かっておられた。だから紅葉の宴がご自分の治世の終わりだと思っておられた)

おそらく玄武公の強大な権力を前に、ほとんど味方がいないのだろうと思った。

(帝はどうするおつもりだろう？　みすみす玄武公の罠《わな》に落ちるのだろうか？)

最初はうつけの乱暴者だと嫌っていた帝だが、董胡の饅頭《まんじゅう》を楽しみに通って来る姿に多少の情が湧いていた。自分の心配もあるが、もしかしたら大衆に引きずり下ろされるように廃位されるかもしれない帝のことも心配だった。


大きな飾り弓を背負った弓師が登場して帝の前で一礼する。

舞台の上には五つの数字が書かれた的が据え置かれた。

そして帝とその隣に並ぶ弟宮が番号を書いた紙を、神官が受け取る。

董胡は御簾《みす》に張り付き、青ざめた顔で神官が畳んで持つ紙を見つめていた。

やがて弓師が大きく振りかぶり、矢を放った。
ダンッという音と共に三の的を射貫《いぬ》く。
しん、と全員が見守る中、神官の手にした紙に全員の視線が注がれる。
（ああ、神様。どうか帝にご加護を……）
菫胡も祈りながら、御簾ごしに見つめる。
やがて「おおっ！」という声が上がった。
『三』と書かれた紙が掲げられている。だが……。
それは弟宮の書いた紙だった。
（やっぱり思った通りの結果になってしまった……）
菫胡は絶望の表情を浮かべた。
そして、帝の書いた紙を持った神官が戸惑いながら広げて掲げる。
その途端、再びどよめきが起こった。
菫胡は御簾を摑《つか》んで帝の書いた紙を啞然《あぜん》と見つめた。
「ど、どういうことだ……」
「帝は何をお考えなのか……」
人々が騒いでいる。
帝の紙は……白紙だった。
「弟宮様に負けるのが怖くて書かれなかったのか……」

「戦う前に白旗を上げられたということか……」

「天術を司る帝ともあろうお方が……」

ざわざわと帝に失望するような人々の声が聞こえてくる。

(帝……。先読み比べを放棄されるおつもりなのだろうか……)

確かにはっきり負けるよりはましかもしれないが、むしろ卑怯《ひきょう》だと言う声が上がるかもしれない。どちらにせよ、大衆の支持は弟宮に傾くだろう。

董胡はがっくりと肩を落とした。

(だめだ。帝の負けだ。放棄しても大衆の心は帝から離れる)

玄武公が重臣席でほくそ笑んでいる顔が目に浮かび、董胡は悔しさに拳《こぶし》を握りしめる。

だが、ざわざわと騒ぐ人々を前に、突然帝が口を開いた。

「皆のもの、静まるがよい」

帝ご自身が直接大衆に向けて言葉を発することは珍しい。

人々は驚いて、一斉に拝座の姿勢になって帝に頭を下げる。

静まり返った庭園に帝の澄んだ声が響き渡った。

「このような的当ての茶番は、今を最後に廃止すべきと我は思うておる」

毅然《きぜん》と言い放つ帝の言葉に人々は顔を見合わせて戸惑っている。

そして玄武公がみんなを代表するように言葉を返す。

「茶番と申されましたか？　麒麟の御力を大衆に知らしめる神聖な儀式でございますぞ。

初代創司帝より続く偉大な習わしを、ご自分の代で終わらせるおつもりですかな?」

誰もが弟宮に負けるのが嫌で、帝が勝手なことを言い出したのだと思っていた。

だが帝は平然と答えた。

「そなたは史書をきちんと読んでおらぬようだな」

「どういう意味でございましょうか? 私は玄武公として国の史書は幼き頃より繰り返し読んで参りましたが」

「い、いくら帝でも亀氏殿に失礼でございますぞ」

白虎公の虎氏が援護する。だが帝は続けて答えた。

「創司帝は的当ての儀式などしておらぬ。このような儀式をするようになったのは二代皇帝からだ。創司帝は的当てなどせずとも、その御力を大衆にお示しになっていた」

「………」

玄武公が黙り込み、白虎公も戸惑っている。

「我は今こそ初代創司帝の時代に戻るべきであると思っている」

帝の言葉に、玄武公がふっと笑った。

「はは。では帝におかれましては、創司帝のごとく的当てに代わる偉大な御力をお示し下さるということですかな? それは素晴らしい。是非ともお願い致します」

玄武公の笑いに応じるように、貴族たちの間から嘲笑《ちょうしょう》のような笑いが巻き起こる。

うつけと噂される帝《みかど》がそんな力を持っているとは誰も思っていない。

苦し紛れの言い逃れだろうと思っていた。だが……。

「いいであろう。先読みとは民を平安にするためにある。的を当てて誰の幸せになろう」

帝の言葉に再び人々がざわざわと騒ぎ始めた。

うつけの帝がついにおかしくなったと思った者もいる。

大半が負けず嫌いのはったりだろうと思っていた。

そして董胡も帝の声を聞きながら、おろおろと焦っていた。

(ああ、帝はどうするおつもりなのだろう。大丈夫だろうか)

即位式の的当てすら外した帝が何を言っているのだ、というのが大衆の気持ちだ。

生半可なことを言っても受け入れられるはずがない。

(自暴自棄になっておられるのか……)

しかし帝は一呼吸置いて信じられないことを告げた。

「我はこれより『封禪《ほうぜん》の儀式』を復活させる」

貴族たちは驚いたように顔を見合わせた。

「封禪の儀式？　まさか創司帝が日々執り行ったという伝説の儀式を？」

「玄武の霊山の噴火を言い当てたという、あの……」

ただならぬ貴族たちの騒ぎように董胡は侍女達に尋ねた。

「封禪の儀式って？　そんなすごい儀式なの？」

壇々は知らないらしく首を傾げ、茶民は辛《かろ》うじて知っていることを説明してくれた。

「確か創司帝の時代には普通に日々行われていた儀式ですわ。創司帝は多くの災いを祈りによって阻止し、防ぎきれなかった大きな天災は先読みの詔《みことのり》を出すことによって被害を最小にとどめたのだと語り継がれております。玄武の霊山の噴火は、その中でも一番大きな天災として昔語りの一つになっております」

帝はどよめきが収まるのを待って、再び口を開いた。

「みな驚くことではない。封禪の儀式とは天に祈りを捧《ささ》げ、人の世の泰平を願う皇帝の日常の業務である。皇宮の祈禱殿には天と地の繫《つな》がる最も神聖な場所として創司帝が築いた祭壇がある。だが一人きりの過酷な儀式ゆえに、皇帝が代わるごとに儀式は日を空けるようになり、いつしか年に数度、形だけの儀式が行われるだけになってしまった。我が皇帝となって最初にすべきことは、この儀式を復活させることである」

堂々と言い切る帝に人々が静まり返る中、玄武公の高らかな笑い声が響いた。

「はははは！　これは良い思い付きでございますな。儀式を復活させ、帝が日々祈りを捧げているがゆえに人々が災難を避けることができているのだと、そう言わせたいのでございますか」

「災害がない限りは帝の祈りによって平安が保てているのだと言えますからね」

白虎公が補足する。

「帝はなぜ封禪の儀式が形式だけの行事になってしまったのか、分かっておられぬようでございますね」

「…………」

黙り込む帝に、玄武公は勝ち誇ったように続けた。

「創司帝の後、先読みの詔を発する帝はどんどん減って参りました。近年の未曾有《みぞう》の流行病《はやりやまい》も歴史に残る大洪水も詔は発せられませんでした。十代皇帝の折には今と同じく儀式の復活を宣言なさいましたが、大外れの詔を頻発して民を混乱させ、皇帝の座を追われました。間違った詔を出すより何も発しない方が民の平安を保てるから、的当てという無難な儀式に置き換わったのでございます」

「それとも帝におかれましては、出すべき先読みの詔があるのでございますかな？」

白虎公があるわけがないという顔で畳みかけた。だが。

「ある。この場で告げねば手遅れになる詔がある」

「な!!」

帝の言葉に白虎公だけでなく全員が驚いた。

そして菫胡も不安な心持ちで御簾《みす》にすがりついた。

（まさか先読みを？　十代皇帝が外してその座を追われたというのに？）

菫胡の心配をよそに、帝は高らかに告げた。

「我には今、三つの苦難が見えている。祈禱殿に籠《こも》り祈り続けているが、最初の災害は我の力では止められぬ天の意思であるとみた。ゆえに告げる」

庭園は静まり返って帝の言葉を待った。

「朱雀の張宿《ちょうしゅく》の村に五日の内に大風が吹くであろう。安易な造りの家は風で傾き、局所の大雨により川が氾濫《はんらん》する。村人たちは門戸を閉ざし大切な物は屋内に入れ、川べりに住む者は高台の堅固な建物に避難せよ。田畑の収穫がまだの者は、急ぎ五日の内に刈り取るがいい」

「な！」

貴族たちが驚愕《きょうがく》の表情を浮かべる。

今の晴天からは想像もつかないが、本当ならば大きな被害が出る。

「ま、まさか……」

人々はあまりに明確な先読みに、信じていいものかどうか顔を見合わせている。

「こ、これは大胆な。そのような思いつきを申されて、もしも外れたら笑い話では済みませんぞ。陛下のお言葉により大勢の者が惑わされ、いらぬ騒ぎになるのでございます」

玄武公が呆《あき》れたように言い募った。

「亀氏殿の言う通りですぞ。備えに備えて、何もなかったらどうなさるのですか？」

白虎公も同調した。

「何もなければそれで良いではないか。何かあった時に被害を最小限に抑えるために先読みはある。五日のうちに我の祈りが天に届き大風は来ぬかもしれぬ。それが最善である。天術とは、民が健やかに暮らせるように、災いの元を断つためにある」

「は、はは。詭弁《きべん》でございますな。それで何もなければ、ご自分の祈りのおかげで回避できたのだ、などと申されるおつもりでございましょう。有りもしない先読みで民を惑わし騙《だま》すつもりでございますか？」

白虎公は嘲《あざけ》るように笑った。

「そう思うのであればそれでよい」

「十代皇帝と同じ道を辿《たど》ることになっても構わぬと？」

玄武公はあえて確認するように尋ねた。

「そうなった時はそういう運命であったのであろう」

「なるほど。そこまでのご覚悟とは恐れ入りました。皆も今の帝のお言葉をお聞きになりましたな。こうまでご覚悟されているなら先読みの詔を広く大衆に知らしめましょう」

帝の言葉を聞いてにやりと微笑むと、玄武公は貴族たちに向かって立言した。

そして騒然とする人々に、帝は最後に告げた。

「皇帝である我の言葉を信じる者達よ。張宿の村に我の言葉を急ぎ知らせ、充分に備えをするように伝えるがよい」

こうして日暮れと共に騒然としたまま、紅葉の宴は散会となった。

◆

紅葉の宴の後、皇宮にある弟宮の部屋にはいつもの顔ぶれが揃っていた。

「はっはっはっは。これで帝は終わりじゃ。自ら墓穴を掘ってくれましたな」

わざとらしい高笑いをするのは玄武公の亀氏だった。

「誠に。追い詰められて後に引けぬ大法螺《おおぼら》を吹かれましたな。ははは」

迎合するのは医術博士の章景だ。腰巾着《こしぎんちゃく》のようにいつも玄武公のそばにいる。

「し、しかし……万が一にも先読みが当たったらどうなさいますか？」

少し不安そうに尋ねるのは白虎公の虎氏だった。

商術を司《つかさど》る虎氏は、玄武の地で調合される薬剤を他国に売ることでずいぶん私腹を肥やしている。高額で売るために、玄武公とつるんで悪事にも手を染めているため、もはやお互いに裏切ることのできない間柄だった。こうして虎氏を味方に引き入れたことで、玄武公は国の経済と外交を牛耳ったと言ってもいい。もはや貴族でこの二人に逆らえる者などいなかった。

「ふん。心配は無用ぞ虎氏殿。あんなもの、適当に思いついたはったりに違いない。的を言い当てられぬと分かって、苦し紛れに言ったまでじゃ」

「そうでございますとも。もしも帝《みかど》に先読みの力などがあれば、これまでの年月に力の片鱗《へんりん》ぐらいはあったでしょう。今になって都合よく開花するなど、あろうはずもございません」

亀氏と章景に言われて、虎氏は少しだけ安堵《あんど》の息を吐く。

「ですが伯父《おじ》上。兄上は昔から土壇場に強い妙な悪運のようなものがありました。本当に当たってしまうことはないでしょうか？」

　尋ねたのは弟宮の翔司だった。

　伯父である玄武公から、兄の悪行を常々聞かされて育ってきた。

　亡くなった父帝も素行の悪い兄宮にずいぶん心を悩ませ、その心労で寿命が縮まったのだとも聞いている。それほど苦労をかけながら、兄宮は父帝の葬儀でも涙一つ見せなかった。父を愛していた翔司は、そんな兄を許せなかった。

　だが一番許せないのは、黎司が何人もの宮女を殺したことだ。

　昔は兄を慕っていた時期もあった。だが、五年ほど前に翔司が懐いていた宮女が黎司付きの侍女になり、その数日後に死んでしまった。

　後で玄武公から黎司が侍女の粗相に腹を立て斬り捨てたのだと教えてもらった。

　その日から、翔司は兄を絶対許さないと心に誓った。

　そしてこんな無慈悲で冷酷な皇帝に国を任せるわけにはいかないと覚悟を決めた。

「万が一にも朱雀に大風が吹くようなことがあれば、善良な民は兄上の悪行の数々も知らないままに信じ切ってしまうのでは……」

　民を騙すようなものだ。そんなことは許せない。

　玄武公は翔司の言葉に深く肯《うなず》いた。

「宮様がご心配なされるのもごもっともでございます。自らの保身のために、視えてもいない先読みで民を惑わすような帝にこれ以上国を任せてはおけません」

「まったく。あと少し先帝がご存命であれば弟宮様の元服の折に皇太子位の変更の詔を出して頂く手はずでございましたのに」

章景も肯く。

先帝があと半年長生きしてくれたら、すべて筋書き通りに進むはずだった。

元服していない皇子を皇太子位にすげ替えるのは、さすがに無理がある。より説得力のある形で翔司を皇太子に立てるつもりで時期を待ったのが裏目に出てしまった。

「なに、あのような大それた先読みが当たるはずがない。帝は自らの力を示したいがために、愚かな間違いを犯しました。場所と日にちまで細かく言ってしまった。あれが場所と日にちを曖昧《あいまい》にされてしまうと面倒なことになっていたかもしれぬが、細かく指定してくれたおかげで、嘘を追及しやすくなりました」

「お館《やかた》様のおっしゃる通りでございます。帝といえども嘘の先読みで民を惑わした罪は重いですぞ。十代皇帝の先例もございますし、これで一層帝を廃位させて弟宮様を皇帝陛下にと大衆が声を上げることでしょう」

「うむ。宮様。元服と共に即位のお心づもりでいて下さいませ」

翔司は先帝ほど病弱でも愚鈍でもなく素直で従順な少年だ。貴族たちからも好かれていて人望もある。玄武公にとって、これほど役に立つ扱いやすい駒はない。

「即位の折には、華蘭を一の后《きさき》として輿入《こしい》れさせまする。あれも輿入れの日を待ちわびて美しさに磨きをかけておりますぞ」

そして華蘭が皇子を産めば、もはや玄武公の思いのままの世となることだろう。

「宮様は果報者でございますな。華蘭様は伍尭國中を探しても二人といないお美しき姫君でございます。その上、お館様に似て聡明《そうめい》で、麒麟のお血筋でもございます。必ずや宮様の治世を支える賢后となることでございましょう」

「ええ。華蘭殿がそばにいてくれると心強い。心を尽くして大切に致します」

幼い頃から知っている華蘭は、どこか神秘的な謎を感じる美しい姫君だ。常々その素晴らしさを聞き育ってきた翔司にとっては、何の不服もない相手だった。そして、その誠実さゆえに一途《いちず》に大切にしようと思っていた。

「帝の先読みの噂は大いに広げるがよい。騒ぎが大きくなればなるほど、外れた時の怒りは大きくなる。後は、五日の後に何も起こらないのを見届け、各地に送り込んだ間者によって帝廃位の声を上げさせるように手配するのじゃ。朱雀公は帝の廃位にあまり積極的ではなかったが、さすがに自領の民が混乱させられたとなれば黙っているわけにはいくまい。これで朱雀公も味方についたも同然じゃ」

玄武公は面白いように思い通りに事が進んでいるとほくそ笑んだ。

こうして、集った面々は帝の失脚の時を指折り数えて待つだけとなった。

◆

その夜、玄武の后宮に一通の文が届けられた。

――月落ちて大宗《たいそう》の脾《ひ》の果にて――

そうしたためられた文が袍服《ほうふく》の男性によって庭に出た女嬬に手渡された。

「なんでも急に庭に出なければと思ったと言うのでございます……」

「誰に宛てたものとも告げず無言で立ち去ったそうでございますわ！　それなのに董胡という医官に渡さねばと思ったというのです。気味の悪い話でございます」

「どんなお顔だったか聞いても、すっかり忘れてしまったと言いますし。恐ろしや」

「何か物《もの》の怪《け》のたぐいでございましょうか」

壇々と茶民が身震いしているが、董胡にはそれが誰からのものかすぐに分かった。

(翠明様だ)

五年前レイシを迎えにきた時の式神を使ったのだろうと思った。

「不躾《ぶしつけ》ながら……恋文でございましょうか？」

「月が落ちてからというのは分かりますが、大宗とは何かしら……」

「誰かの名前でしょうか？　そんな人いたかしら？」

二人の侍女が首を傾げる中で、董胡はすぐに気付いた。

(大宗とは生薬の大棗《たいそう》のことだ。棗《なつめ》は五臓の脾を助ける働きがある果実と言われている。つまり棗の実がなる場所。先日レイシ様に会ったあの植え込みのことだ)

翠明は医師である董胡なら簡単に読み解けるように文を書いてくれたのだ。

だが二人の侍女に正直に話すわけにはいかない。

「何かの間違いじゃないかな。もう夜も遅いし気にせず寝ようよ」

「そうでございますわね……」

「月落ちの夜更けに呼び出すなんて、どちらにせよ行くわけがございませんわ！」


そうして二人が部屋から下がったあとで、董胡はこっそりと医官の服に着替えて木札を持って出かけた。

医官札のおかげで「急病なんだ」と言えば怪しまれず衛兵たちも通してくれた。

やがて月が沈んだ夜半に、董胡は先日の棗の木の下に辿《たど》り着いた。そして遠く離れた皇宮の回廊には、すでにレイシと翠明が小さな明かりを持って立っていた。

衛兵たちは人払いされているのか、見える範囲には二人以外誰もいない。

「レイシ様……」

二人は董胡に気付くと高欄に並び立ち、翠明が何か紙のようなものをひらりと風に乗せて寄越した。

「え？」

驚く董胡の目の前で、翠明が寄越《よこ》した紙はむくむくと大きくなり人型に変わる。

それは五年前に見た式神の姿になって、董胡のすぐそばに立った。

「な……」

唖然《あぜん》とする董胡に、式神は不思議なほど印象に残らない単調な顔のまま口を開いた。

「董胡。私だ。レイシだ。翠明の式神を使って私の言葉を伝えている」

「レイシ様？」

どうやら式神の声帯を使って董胡と話ができるらしい。

声音は違うものの、五年ぶりにレイシの言葉を聞いた董胡は胸がいっぱいになった。

「レイシ様。お体の具合は良いのですか？　お食事はちゃんと出来ていますか？」

ずっとそれが心配だった。今も暗闇のせいかあまり色が視えていない。

「大丈夫だ。最近はちゃんと食べている」

目線は遠くの回廊に立つレイシを見上げているのに、声はすぐそばの式神から聞こえてくるという不思議な状況の中で、言葉を交わすことができた。

「あの日の約束通り、医師の免状を取り立派な薬膳《やくぜん》師になったようだな、董胡」

「レイシ様……」

董胡は急にレイシに嘘をついている罪悪感にさいなまれた。

医師の試験には確かに合格したが、現実は医師にも薬膳師にもなれていない。

玄武の后付きの医官などというのは、后である鼓濤が作った嘘の身分だ。

成り行きとはいえレイシを騙《だま》しているようで苦しくなった。

「レイシ様、私は……」

本当のことを言いたいが、女であることや玄武の后であることを知れば、ずっと騙していたのだと失望され嫌われそうな気がして何も言えなくなる。

俯《うつむ》いて心の中で葛藤《かっとう》し続ける董胡に気付かないまま、レイシは続けた。

「だが……私は五年前の約束を守れないかもしれない……」

董胡は、はっと顔を上げた。

手燭《てしょく》のわずかな明かりに照らされたレイシは、ひどく沈んでいるように見えた。

「情けないことだが、私の現実は五年前とさほど変わっていない。世を変えるなどと豪語しておきながら、自分の立場さえ危うい状態だ」

「そ、それは……あの頃は私も子供で、無茶なお願いをしてしまいました。情けないなど……私はレイシ様が生きて元気でいて下さっただけで嬉《うれ》しいのです」

少し声が大きくなって前のめりになる董胡を、式神が木々に隠すように押し戻した。

レイシが式神と同じ手の動きをしていたことから、動きも操っているらしい。

「今宵《こよい》そなたを呼んだのは、あの日の約束を忘れて欲しいからだ」

「レイシ様……」

それは一番聞きたくない言葉だった。

「私は明日さえどうなるかも分からぬ身だ。そなたを薬膳師に取り立てたところで守ってやることも出来ぬばかりか、危険にさらすことになるだろう」

「わ、私はレイシ様に守ってもらおうなどと思っていません。私こそがレイシ様をお守りしてお役に立ちたいのでございます」

「そなたはまだ若く王宮がどういう所か分かっておらぬ。優秀な医官であろうが、邪魔と見れば簡単に暗殺される。このような私のそばにいるよりも、玄武の后付きとして今のまま暮らしていく方が薬膳師としての夢を叶《かな》えられるだろう。玄武のお后様はそなたのことを家族のように大事に思っておられるようだし。この先、その立場がどのようになっても、そなたを邪険にはしないだろう」

「立場がどのようになっても？」

それは帝《みかど》が廃位され一の后の座を失うことを言っているのだろうか。

それに家族のように大事に思っているというのは、先日の帝のお渡りで鼓濤が言った言葉そのままだ。

「まさかレイシ様は……帝……」

董胡の呟《つぶや》きにレイシがぎくりとしたように見えた。

「帝……にとても近しいお方なのでございますね」

やはりそうかと確信をもって尋ねる董胡に、レイシがほんの少しほっとしたように息を吐いた。

「そうだな。少なくとも運命を共にする立場だ」

「では……昨日の紅葉の宴の先読みで……やはり帝のお立場は……」

「そなたはずいぶん詳しく玄武のお后様から話を聞いているようだな」

聞いているもなにも本人なのだから、誰よりも詳しく知っている。

「昨日の先読みは当たらないのでございますか？」

董胡が今一番知りたかったことだ。帝がどういうつもりであの先読みをしたのか。どれほどの確信を持って言った言葉なのか。それ次第ですべてが決まる。

レイシはしばし黙り込んでから、絞り出すように答えた。

「それは……分からぬ……」

「!!」

少なくとも帝は絶対の確信を持って告げたのではなかった。そのことに愕然《がくぜん》とした。

「帝はなぜそのような不確かな先読みを……」

いくら追い詰められたからといって、民を惑わすような先読みをするなんて無責任だ。おかげで后である鼓濤も、側近であるレイシも危うい立場になってしまった。

どちらにせよ当たらないのなら、的を外しただけの方がましだったように思えた。

「外れたなら大衆はますます帝に不信感を抱き、貴族たちが扇動して廃位の暴動が起こるだろう。今の帝にはそれを止められる力などない」

「だったらなぜ！」

つい非難を込めた声になる。

しかしレイシは真っ直ぐに董胡を見つめて答えた。

「だがもし先読みが本当になれば、民の被害は大きなものとなるだろう。外れれば帝がその罪を負うだけで済むが、当たれば多くの死者が出る。ならば帝が取る道は一つしかない。そうは思わぬか、董胡？」

「……………」

董胡は、ふと鼓濤となった自分が帝から直接お言葉を受けたような錯覚を感じた。

帝は自分の保身よりも民を守る道を選んだのだ。

レイシが運命を共にと仕える帝は、決してうつけなどではない。

誰よりも帝にふさわしい方だ。

それならば董胡の行く道も決まっている。

「レイシ様。玄武のお后様は玄武公にとって目障りな姫君でございます。ゆえに帝が廃位されるならお后様も無事ではいられない立場となります」

「な！　まさか！　玄武の后は玄武公の娘なのであろう？」

レイシは驚いた顔になった。

「複雑なご事情があって疎まれた存在なのです。だからお后様も帝と運命を共にするご覚悟でございます」

「馬鹿な……。それでは董胡まで巻き込まれてしまうではないか」

「はい。巻き込まれます。どちらにせよ逃げ道などないのです。だったら私もお后様やレイシ様と同じ道を行きます」

「たわけたことを！　帝が廃位になればどのような未開の地に島流しにされるやもしれぬ。薬膳師どころか貧民同然の暮らしになるかもしれぬのだぞ」

「レイシ様が帝と共に行かれるというなら、私もどのような最果ての孤島であろうともついて行きます」

「そなたは薬膳師になりたかったのであろう？　そんな孤島で誰が雇うというのだ」

「レイシ様は勘違いをなさっておいでです」

董胡はもはや迷いのない目でレイシを見つめた。

「勘違い？」

「はい。私は五年前のあの日、一番の夢を変えたのでございます」

「一番の夢を？　薬膳師になりたいのではなかったのか？」

「はい。私はただの薬膳師になりたいのではございません。『レイシ様の』専属薬膳師になりたいのでございます」

「私の……」

レイシは唖然とした顔で董胡を見つめていた。

「どうか私を地の果てまでもお連れ下さい。全力でお仕え致します。だめだと言われてもついていきます。面倒な者に執着されたと諦《あきら》めてくださいませ」

「…………」

レイシは呆《あき》れたようにしばらく董胡を見つめていたが、やがてふっと微笑んだ。

「そなたは……変わらぬな。五年前と同じひたむきな目で逃げ道ばかり探す私に、ちゃんと前を見よと道を指し示す。ふがいない私の尻《しり》を蹴《け》り飛ばしてくれる」

「し、尻を蹴り飛ばしたりなどしていません！」

「はは。だが馬乗りにはなったな」

「そ、それは……」

子供だったとはいえ、あれはやり過ぎだった。

顔を赤らめる董胡に、レイシは観念したように微笑んで高らかに告げた。

「どうやらそなたと私は切るに切れない縁《えにし》があるらしい。ゆえに命じる。董胡よ、今後どのような茨《いばら》の道を進むことになろうとも、私と共にあれ。どれほど貧しく苦難の道であったとしても、運命と思って諦めることだ。よいな」

董胡は元気よく「はい！」と答えた。

レイシと共にいられるなら、どんな苦難も耐えられる気がした。

（そして帝のことも鼓濤としてではなく、薬膳《やくぜん》師、董胡としてお支えしよう）

そう心の中で呟いた董胡は、ふと手燭に映し出されたレイシの立ち姿が、御簾《みす》を切り裂かれた日に見た帝の姿と重なって見えた。その瞬間、とくんと胸が甘く疼《うず》いた。

自分でも気付かないうちに男装の董胡の中に女性としての鼓濤が根付き始めていた。

自分の中に男の董胡と女の鼓濤がいる。その奇妙な感覚を慌てて振り払う。

（レイシ様を見てなんで小娘のようにドキドキしてるんだ私は。どうかしているぞ）

董胡は、思いがけず顔を覗《のぞ》かせた、あってはならぬ感情に急いで蓋《ふた》をして、皇宮の中に戻っていくレイシと翠明を拝座で見送った。

◆

董胡と別れ、部屋に戻った黎司に翠明は尋ねた。

「あのように申されましたが、実のところどうなのでしょう？　先読みは本当に視えたのでございましょうか？」

紅葉の宴で先読みの発言をしたことに誰より驚いていたのは、この翠明だった。

なぜなら、翠明と前もって立てていた作戦では、的当ての紙を白紙で渡し、このような茶番は終わりにして創司帝の『封禪の儀式』を復活させるという言葉で締めくくるだけだったからだ。弟宮と比べられることから逃げたのだと言われようが、負けると分かっている対戦など逃げる他にない。

建国当初の儀式の復活という逃げ道をつくっておいて、黎司に先読みの力が発現するのを待つつもりだった。

まさか本当に先読みの詔を告げるなどと思ってもいなかったことだろう。

黎司自身もぎりぎりまで悩んでいた。

自分に視えたものが本当に先読みなのかどうか……。

確信もないのに余計な騒ぎを起こすべきではない。そう思った。

それでも告げてしまったのは、董胡に語った通りだ。

現実となった時の被害を見過ごせなかった。

翔司に勝ちたいわけでも、帝《みかど》の力を民に見せつけたいわけでもない。

だが威厳を見せつけねば、誰も本気にせず被害に備えることもしないだろう。

だから帝の威厳を盛大に見せつけて告げた。

自分を大きく見せつけるほどに、外れた時の立場が苦しくなると分かっていても、やはりこの道しか選べなかった。

「私が視たものが何だったのか、私にも分からない。麒麟の力が欲しいという私の願望が見せた幻かもしれぬ。自分でも分からぬのだ、翠明」


玄武の后に望みを捨てないでくれと言われたあの日。

黎司は再び祈禱殿に籠《こも》った。

それまでは四公の傀儡《かいらい》でしかなくなった皇帝の威厳を取り戻すことばかりを考え祈っていた。この手に権力さえ摑《つか》めば、理想の世をつくってみせると思っていた。

だが玄武の后《きさき》に言われて気付いた。

皇帝とは何であるのか……。

権力に縋《すが》り追い求めるならば、玄武公となんら変わらない。

民に生かされ、民の平安を願うことこそが真の皇帝ではなかったかと。

この祈禱殿を創司帝がなんのために作り、毎日なにを祈っていたのか。

己の権勢を示すためではなかったはずだ。
創司帝は、ただ民の安寧だけを願い祈り続けていた。

「創司帝……。私は多くの民に生かされていることも忘れ、己の力を誇示することばかりを願っていました。愚かな私をお許し下さい」

だが気付いたからといってすぐに心の隅々までが澄み渡るわけではない。
気付けばこれまでの玄武公への憎しみやそれに迎合する貴族たちの非難へと気持ちが流れていってしまう。雑念がどこまでも追いかけてくる。

「だめだ。民の平安を願っているはずなのに、一心になれない。やはり私は皇帝の器ではないのか。私には無理なのか……」

祈れば祈るほどに、自信がなくなっていく。
もうだめだ、と思ったその時、ふと黎司は再び部屋の隅に赤髪の男が佇《たたず》んでいることに気付いた。

「魔毘……」

今度こそ死神が命を取りに来たのかと思ったが、そうではなかった。
片目を隠した男は、にやりと微笑むと右手を上げて、まっすぐに祭壇を指差した。

「？」

魔毘の差す先には、祭壇の真ん中に置かれた銅鏡があった。
黒ずんで鏡の機能を失ったそこには、何かの光景が浮かんで見えていた。

「これは……」

その銅鏡に呼応するように懐に入れていた神器の銅鏡が熱くなっている。

黎司は小さな銅鏡を取り出し、両手で握りしめる。

「朱雀……張宿……」

自然に言葉が頭の中に浮かぶ。

そして目の前の大きな銅鏡には大風で家を飛ばされ逃げ惑う人々と、収穫前の稲がなぎ倒されて泥水に浸《つ》かる情景が映っていた。川が氾濫《はんらん》し、川べりの家が流され、多くの人々が溺《おぼ》れ苦しみながら助けを求めている。阿鼻叫喚《あびきょうかん》の光景だった。

「まさか……」

戸惑う黎司の手の中で、再び銅鏡が熱くなる。

祭壇上の銅鏡には再び新たな光景が視えてきた。

それは未来を早回しにしたように、伍尭國中の民の日々が流れるように進んでいく。

そして大きな災害だけが取り出したように目の前で大きく映し出され、苦しむ人々の顔が一つ一つ迫ってくる。目を覆いたくなるような恐ろしい場面だった。

「まさか……これが天術……」

黎司は信じられない思いで目の前の光景を見つめていた。

心に残る悲惨なものは三つ。これだけは現実にしてはいけないと強く思った。

特に最後に視えたものは……一番見たくない未来だった。できることなら阻止したい。

だが朱雀の大風はすでに差し迫っている。もはや祈っても間に合わないと直感した。それにこれほど大規模な天災を祈りで防ぐのは今の自分では不可能に思えた。

他の災厄はまだ未然に防ぐ可能性があるかもしれないが……。

やがてすべて見終わると、いつの間にか魔毘の姿は消えていた。


「私の視たものが皇帝の証《あかし》である天術なのか。それとも地獄に誘《いざな》う死神の罠《わな》であったのか。私にも分からぬのだ。すまぬな、翠明」

だが翠明は三日月の目を細めて意外なほど落ち着いていた。

「いいえ。私には分かっております。玄武の后様の許《もと》で董胡の饅頭《まんじゅう》を食べるようになってから、陛下のお顔の色はみるみる良くなり、生命がみなぎっているのを感じます。やはり、食が整ったことで本来のお力が発現されてきたのだろうと思います」

いつもながら馬鹿がつくほど黎司を信頼している。それで何度も痛い目に遭っているというのに……。だが、そんな翠明に救われてきた。

「ふ……。そうであるなら、董胡に礼をせねばな。それから玄武の后にも……」

「ええ。董胡の話が本当なら、玄武の后様は強い味方になるやもしれません」

「次に会う機会がもしあれば……今度はきちんと話をしてみたいな」

あれほど疑い、毛嫌いしていた玄武の后であったが、今は違う感情に変わっている。まだ信頼できるとは言い切れないが、少なくとも誠実な女性のように感じていた。董胡の饅頭も楽しみだが、玄武の后と過ごす時間も悪くなかった。

ほとんど会話らしい会話もしていないが、沈黙すらも心地好《よ》い。

そして僅《わず》かに話す言葉は、不思議に黎司の心に響いた。

「だが私はこれより祈禱殿にこもり、真逆の祈りを捧《ささ》げねばならぬ。私の先読みが当たらぬように、朱雀の大風が起こらぬように。それが我が身と私の愛する者たちを破滅に導く祈りであっても、国を治める皇帝であるならば民の平安をこそ願わねばならない。先読みとは諸刃《もろは》の刃《やいば》となって我が身を切り裂くものであったようだ」

「陛下……」

翠明には、何かを悟ったように告げて祈禱殿へと一人上がっていく黎司が、まさに天術を司《つかさど》る尊い皇帝となって神々しく輝いているように見えた。

翠明は身が震えるような感動の中、拝座の姿勢になって、黎司の姿が見えなくなった後もいつまでも頭を下げ続けた。

◆

朱雀、張宿の村。

農民たちは年寄りから子供までを総動員して慌ただしく稲を収穫していた。

「やれやれ。ほんに大風なんかがくるのかねえ」

農民はすがすがしい晴天の空を見上げながら呟《つぶや》いた。

「とてもそんな気配はねえがなあ。昨日も夜更けまで刈り込んでたから疲れたやな」

収穫期には入っていたが、もっと日を分けてゆっくり刈り刈り込む予定だった。

「もうこのぐらいでええんじゃないかねえ。半分ぐらいは刈ったじゃろう」

男たちは伝え聞いた先読みにも半信半疑だった。

「馬鹿言うでねえ！　お偉い皇帝様のお言葉じゃぞ。明日までに全部刈り込まねえと、せっかくお告げを下さった皇帝様に申し訳ないじゃろうがね」

「そうだよ父ちゃん。おいら達も頑張るから皇帝様の言う通りにしようよ」

信心深い年寄りや子供達は皇帝陛下が朱雀の田舎に住む自分たちのことまで心配してくれたと、素直に喜んで従う傾向が強かった。

だがもちろんすべての民が先読みに従ったわけではない。

「ははっ。本当に稲を刈り込んでる愚か者がいるぞ」

「あんな嘘の先読みを本気で信じてるやつがいるとはな」

あぜ道を通りながら農民たちをあざ笑うのは、村一番の大地主の息子達だった。

「あんたらの田んぼは全然収穫が進んどらんじゃないかね」

「早くせんと大風が来てしまうぞ」

いつも威張り散らしている嫌な兄弟だったが、人のいい農民たちは心配していた。

「けっ！　お前らみたいな貧乏人は何も知らないみたいだな」

「俺達のおやじ様は都の偉い貴族様とも懇意にしていただいてるから知ってるんだ」

ふんぞり返って言う兄弟に、農民たちは首を傾げる。

「知ってるって何をじゃ？」

問われて二人はもったいをつけるように答えた。

「新しい皇帝陛下がどのような方かということだよ」

「なんでも貴族様の話ではとんでもなく乱暴者でうつけの嘘つき陛下だそうだ」

二人の話に農民たちは青ざめた。

「な、なんてばち当たりなことを言うんじゃ」

「皇帝様じゃぞ。お役人が聞いてたらお縄にかけられるぞ」

だが兄弟は余裕で笑っている。

「ははは。心配いらないさ。どうせすぐに弟宮様に代わるんだよ」

「あまりの無能ぶりに貴族の間では、聡明《そうめい》な弟宮様に譲位を促す声がすでに上がっているって話だ。知ってるか？　皇帝陛下は即位式の先読みすらも外したらしいぞ」

「弟宮様は式典の前にすでに当ててらしたそうだ。それで焦った皇帝陛下は、今回の大風を思いっきりでおっしゃったって話だ」

二人の言葉に農民たちは動揺して顔を見合わせた。

「じゃあ、大風は来ないのか？」

「わしらは騙《だま》されているのか？」

兄弟は、ようやく馬鹿な貧乏人が気付いたかと得意げに肯《うなず》いた。

「ま、そういうことさ。おやじ様の知り合い貴族様は誰も信じてないさ」

「貴族たちは嘘つき陛下の戯言《たわごと》だってみんな笑ってたって話だ」

戸惑いを見せる農民たちだったが、年寄りと子供は意外にも冷静だった。

「嘘なら嘘でええじゃないか。早めに収穫が終わったって後でゆっくりすりゃあええ」

「そうさね。でも収穫せずに大風が来ちまったらどうにもなんねえ」

「そうだよ。皇帝様の悪口を言うな！」

言い返されて二人は憮然《ぶぜん》とした。

「はん。それなら好きにすればいい」

「せっかく親切に教えてやったのに、馬鹿はやっぱり何を言っても馬鹿なんだな」

到底親切とは思えぬ捨て台詞《ぜりふ》を吐いて、二人は行ってしまった。

そして農民たちは半信半疑のまま結局最後まで収穫を続けた。

こうして大半の農民たちは皇帝の言葉通りに収穫を済ませ、外置きの農具なども比較的頑丈な納屋にしまい込んで大風に備えた。

その一方で貴族と関わりの深い大地主ほど先読みに従わず、何の備えもしなかった。

朱雀以外の各地にも何百年ぶりの皇帝の『先読みの詔』が貼り出された。

玄武公が広く知らせるように告げたため、大風の被害には無関係に違いない民たちにも知れ渡り、伍尭國中の民が今日か明日かと大騒ぎになっていた。

だが人々の期待も虚《むな》しく何事もないまま五日目の朝を迎えた。

多くの民は当初、創司帝の再来かと期待を高めたが、やがて廃位に追い込まれた十代皇帝の再来だったかとがっかりした。そんな大衆の期待から失望へと変わる感情のうねりが、大きな渦となって王宮を覆っていくような、重苦しく不穏な空気が流れていた。

董胡は朝の晴天を見て、すでに行動を始めていた。

レイシと運命を共にすると約したあの夜から、帝《みかど》の先読みが外れた場合を想定して、なるべくみんなが不幸にならないままに鼓濤が消える方法を考え続けてきた。

「鼓濤様。やはり外れてしまいましたわ。ああ恐ろしや……」

「皇太后様の侍女が、帝は重臣たちに廃位を促され遠くの島に幽閉されるのだと噂していましたわ。本当ですの!?」

「私たちは？　まさか一緒に島流しにされたりしませんわよね。恐ろしや恐ろしや」

「と、当然よ！　鼓濤様はご寵愛《ちょうあい》を受けていたわけではないもの。帝はお饅頭を食べにきていただけですわ。不躾《ぶしつけ》ながら、后《きさき》としての鼓濤様は、まったく眼中なしでしたわ。だから一緒に島流しにされることなどありませんわ。そうですよね？　ね？　鼓濤様」

壇々と茶民は、すっかり動転してしまっていた。

「落ち着いて、二人とも。大丈夫だから」

董胡は着物の袖《そで》をまくり上げて文をしたためていた。

「もう、鼓濤様は他人事《ひとごと》みたいに、なぜそんなに落ち着いているのですか！」

「さっきから誰に文を書いていらっしゃいますの？」

帝の先読みが外れた場合を想定して、董胡は策を考えていた。

「二人とも、これから話すことをよく聞いて。大事なことだから」

董胡は書き終えた文を小さく折りたたみ、部屋の隅に置かれた厨子《ずし》の引き出しから楽草を取り出した。

「帝の先読みが外れて、もしも廃位されて島流しになるようなことがあれば、私はきっと無事では済まない。帝と共に島流しになるか、最悪の場合は玄武公に暗殺される」

「あ、あああ、暗殺っ⁉」

二人の侍女は蒼白《そうはく》な顔で叫んだ。

「そ、そんな。まさか。お館《やかた》様のお嬢様にそんなこと……恐ろしや」

「いくら恐ろしいお館様でもご自分の娘に手をかけるようなことは……」

そうは言ってみたものの、鼓濤が本当の娘なのかどうかは結局誰にも分からない。

玄武公にとって、そんなあやふやな娘など捨て駒にすぎないのだ。

「ま、まさか私たちも一緒に殺されますの⁉」

「私はまだ十三歳なのに。もっともっと美味《おい》しいものを食べたかったのに……」

二人ともすっかり平常心を失っている。

「落ち着いて。そんなことさせないから」

「そのようにおっしゃっても、暗殺者は一緒にいる私たちも口封じに殺しますわ！」

「ああ、恐ろしい……。嫌です。まだ死にたくない。恐ろしや！　恐ろしや～！」

若い二人は卒倒しそうなほど動揺していた。

「だから先手を打つんだよ。暗殺者が来る前に私が姿を消すんだ」

「姿を消す？」

最悪の場合は人食い大鯰《おおなまず》のいる外濠《そとぼり》に身投げしたように見せかけて着物だけを投げ捨てようと思っていた。だが鼓濤に仕える者たちが、なるべく罪に問われないようにしたい。悪役は鼓濤一人が全部引き受けて消えるのがいい。

「みんなにはこの薬草を煎《せん》じて飲んでもらおうと思う」

「薬草？」

「うん。危宿吉草根《きしゅくきっそうこん》という。危宿の山奥でだけ採れる安全な眠り薬なんだ。煎じ方によって効果が変わってしまうんだけど、卜殷先生が眠れない重病患者によく使っていたから扱いには慣れている」

この五日の間に医官の董胡になって薬草を調達していた。

島流しになった場合を考えて、手に入る限りの主要な薬草は薬庫でもらい、ついでに中庭で使えそうな薬草があれば摘んできて縁側に干している。

どのような未開の地に行っても、帝やレイシが健康で食べ物にだけは不自由のないようにしたい。塩や砂糖などの調味料も持てるだけ籠《かご》に詰め込んでいくつもりだった。

「眠り薬などを飲んでどうするのでございますか？」

「眠っている場合ではありませんわ。美味しいなら飲みますけど……」

二人はまだ事情が分からないようだった。

「この一の后宮にいる者すべてに、私が日ごろのねぎらいを兼ねて茶をふるまう。みんなはそれを飲んで眠り込んでしまい、その隙に私が消えてしまったという筋書きだよ」

「な！　そんな恐ろしいこと……」

「仕組んだのはすべて私でみんなは被害者だ。なんならこの数日様子がおかしかったとでも言えばいい。ひどく沈んだかと思うと急に怒り出して、手を焼いていたと。それで気乱《きみだ》れのあまり宮から逃げ出したのだと思うだろう」

「なんということを……。そんな鼓濤様の悪口のようなこと……」

「言えませんわ！　鼓濤様は理不尽に怒るような方ではありませんもの」

壇々と茶民はしゅんとして俯《うつむ》いた。

「言わなきゃ仲間だと思われてしまうよ。私のことは気にしなくていいから、なるべく悪く言うんだ。いつも折檻《せっかん》されていたと言ってもいい。大嫌いだったと言うんだ」

「………」

二人はすっかり黙り込んだと思うと、しくしくと泣き出してしまった。

「い、言えません！　うう。鼓濤様は今まで仕えた誰よりもお優しくて聡明で……。不躾ながら言葉遣いや仕草は、いと情けなしと思うところはございましたが、毎日がはらはらして楽しくて、こんなに生き生きと過ごした日々はございませんでした」

「ひっく。そうですわ……。鼓濤様は病の私を看病して治して下さいました。姫様のお作りになる饅頭《まんじゅう》はどれもこの上なく美味しくて、毎日の食事が楽しみで、こんなに幸せな日々はございませんでした。ひっく。鼓濤様を大嫌いだなんて、言えません。ひっく。言いたくありません……」

「茶民……。壇々……」

だだをこねるように泣く二人がたまらなく愛《いと》おしかった。最初は嫌われていたはずの二人が、いつの間にか家族のように大切な存在になっていた。

「ありがとう、二人とも。その言葉だけで充分だよ。だけど、それで二人の身が危険にさらされる方が私は悲しいんだ。だから私のためと思って言って欲しい。お願いだよ」

「鼓濤様……うう……」

「ひっく……ひっく……」

まだ泣き続ける二人の手を取って、董胡は続けた。

「必ず無事に玄武の地に帰って欲しい。そして一つお願いがあるんだ」

「お願い？」

先に落ち着いた茶民が顔を上げた。

「うん。この手紙を斗宿の麒麟寮にいる楊庵という医生にこっそり渡して欲しい」

董胡は小さく折り畳んだ手紙を茶民に渡した。

「楊庵……？」

「そう。私の兄弟子なんだ。これまでの事情とこれからのことを書いてある」

后となって王宮にいた事情と卜殷のこと。それから今後のことは、万一手紙が玄武公の手に渡っても分からないように一見すると遺書に見えるようにしてある。だが先日の翠明の手紙を参考に、当て字と生薬の知識で暗号文を盛り込んでいる。たとえばレイシの名は『霊芝《れいし》』という滋養強壮の生薬に置き換えてあった。

座学の苦手な楊庵が読み解けるかどうかは分からないが、逃げた卜殷とどこかで合流していれば間違いなく気付くはずだ。

二人の今後の生活は、もし董胡の冬虫夏茸の詰まった薬草籠が無事なら当分心配はないことも書き添えた。

「分かりました。黒水晶の宮の御用聞きの中には懇意にしている者もいます。こっそり届けるように手配致しますわ」

茶民が心強いことを言ってくれた。茶民は小遣い稼ぎに宮に出入りする御用聞きとよくやり取りをしていた。その中で一番信頼できる者に頼むと言ってくれた。

「ありがとう」

董胡はこれでひとまず安心だと胸を撫《な》で下ろした。

すべてうまくいくかどうかは分からないが、一つの筋書きは創り上げた。

あとは眠り薬を煎じる準備と、薬膳《やくぜん》師董胡の荷支度だけだ。

（眠り薬には甘草《かんぞう》も入れよう。吉草根も香りのいい生薬だけど、甘味好きの壇々に、せっかくなら美味しいお茶を最後に飲ませてあげたいものね）

そう思って立ち上がろうとした董胡は、突然巻き上がる御簾《みす》に驚いた。

「きゃっ！　なんでございますか？」

茶民と壇々も驚いて立ち上がった。

いきなり突風が部屋の中を駆け抜けた。

三人は驚いて顔を見合わせる。

「まさか……」

すっかり姫君としての所作も忘れて、三人は着物をたくし上げて縁側に駆けだした。

「うそ……」

三人が見上げる空には、さっきまでの晴天が嘘のように重苦しい雲がとぐろを巻いていた。遠くかなたには黒い幕を張ったような景色が広がっている。

「あの方角は……朱雀……」

「張宿の村があるあたりかもしれませんわ！」

「では、本当に帝《みかど》がおっしゃったように大風が……」

董胡は信じられない思いで空を見つめ続けた。

◆

朝までの晴天が嘘のように昼から突風が吹き荒れた張宿の村では、人々の様相は両極に分かれた。

一つは皇帝の言葉を信じ、充分な備えをしていた人々だ。

充分に備えていたとはいえ、簡素な農村の家々は大風に揺れ、雨漏りに大わらわではあったが、田畑の被害はほとんどなく、川べりの家は安全な高台に避難して命を落とす者もほとんどいなかった。

ごうごうと吹きすさぶ風音を聞きながら、「皇帝様のおかげじゃ」「ありがたや。ありがたや」「我らには麒麟のお力を持つ皇帝様がついている」「きっとお守りくださる」と、手を合わせて唱えながら嵐が通り過ぎるのを祈って待った。

そしてもう一つは貴族の言葉の方を信じ、備えをしなかった者たちだ。

彼らは風が吹き始めてから慌てて残りの収穫をしようと田畑に出たものの、時すでに遅く大きな被害を受け、庭に置いていた農具が風に吹かれて家の壁を破壊した。

あの大地主の兄弟は朝の晴天を見て「ほら見たことか」と近隣の農民たちを嗤《わら》いにいこうと出かけていたのだが、大風に驚いて途中で慌てて引き返し、雨水の溜《た》まった側溝に足をとられ大怪我をしたという話が後ほど伝えられた。

幸いなことに高台にある麒麟の村社《むらやしろ》の神官たちは、皇帝の言葉を真摯《しんし》に受け止めきちんと備えをしていた。彼らが川べりに住む者や、家が飛ばされて避難してきた村人たちを御堂に受け入れたため、この規模の大風にしては異例なほど死者が少なくすんだ。

その様子を聞いて慌てたのは玄武公と白虎公だった。

「なんということだ！　まさか本当に大風が来るとは……くそっ!!　帝め！」

「ま、まぐれでございますとも。偶然大風がきたのです」

いらいらと笏《しゃく》を投げ捨てる玄武公を白虎公が必死になだめる。

「忌々《いまいま》しい！　各地に貼り出した先読みの詔をすぐに取り下げるのだ。朱雀以外の民には大風が起こったことを伏せて知らせないようにしろ」

「し、しかし、すでに王宮内にも噂が広まっております」

「お、おのれ……」

広く知らせてしまったことが自分の首を絞めることになってしまった。しかも。

「お、お館《やかた》様！　大変でございます！」

部屋に章景が駆け込んできた。

「帝の次の詔が出されました！」

「な、なんだと!?」

朱雀の詔を取り下げるより先に、新たな帝の詔が貼り出された。

「つ、次は何を言い出したのだ！　早く申せ！　章景？」

章景は玄武公の剣幕に慄《おのの》きながら、今しがた出されたばかりの詔を告げた。

「三日の内に青龍の尾宿《びしゅく》の村で大火事が起こると。村の者は桶《おけ》に水を貯め、備えるように。急ぎ火消しを行ったなら、小火《ぼや》で済むだろうと」

「こ、今度は青龍か……。おのれ調子に乗りおって」

玄武公は拳《こぶし》を握りしめた。

「青龍の大火事は起こりません。いえ、起こしてはなりませんぞ、亀氏殿」

「当たり前だ。大火事は天災ではない。誰も火を使わなければ起こるはずのないもの」

「そうでございますとも。青龍公に急ぎ連絡をとり尾宿の村人に火を使うことを禁じさせましょう。万が一にも火を出した者は一家全員死罪との触れを出させます」

「うむ。火のないところに煙は立たぬ。朱雀の大風のせいで大衆の声を一つにまとめるのは難しくなったが、まぐれに過ぎないのだと証明せねばならぬ」

「はい。青龍公には厳しく取り締まるよう伝えておきます」


青龍の尾宿の村人たちは、通りに立ち並ぶ衛兵たちの物々しい様子に何事が起こったのかと戦々恐々と過ごしていた。

「火を使うなって、無茶を言うよなあ」

「温かい汁も飲めねえ。そろそろ冬だってのに水風呂《みずぶろ》に入れってのかね」

しかも衛兵たちが日に何度も家の中を確認に来る。

「なんでも皇帝様が尾宿に大火事が起こると先読みされたそうだよ。本当かねえ」

納得のいかない様子の村人たちだったが、朱雀の噂を聞いて念のため桶に水を貯めて備えた。

そして詔から三日後。

やはりこの日も何事もなく夕方まで時が過ぎた。

そのまま日が暮れて何事もなく終わるのかと思った頃、突然空に雷鳴が轟《とどろ》いた。

雨が降るわけでも風が吹くわけでもないのに、雷鳴だけがどんどん近付いてくる。

衛兵たちは「まさかな」という顔で目を見合わせた。

村人たちも不安を浮かべながら通りに出て空を見上げた。

「おいおい、まさか落ちねえだろうな」

だがその言葉が終わらないうちに、「ドドーンッ!!」という轟音《ごうおん》と共に稲光が空を突き破った。

「うわああああっ!!」

村人も衛兵もあまりのすさまじい衝撃に腰を抜かしていた。

人々が見上げる先には、衛兵たちが詰所代わりに使っていた空き家があった。

休憩をとっていた衛兵たちが驚いて火のあがる家から飛び出てくる。

「う、うわあああ！　何が起こったんだああ!!」

屋内にいた衛兵たちは何が起こったか分からず、すっかり動転していた。

「た、大変だ。隣に燃え移るぞ。火を消さねえと！」

「桶に貯めた水を持ってこい‼　燃え移る前に火を消すぞ！」

村人たちが桶の水をせっせと運んで火元にぶっかける。だが、全然足りない。

「だ、だめだ。もっとたくさん水を貯めておくべきだった」

「このままじゃあこの辺の長屋は全滅だ」

村人たちの顔に諦《あきら》めの色が出始めた頃、ぞろぞろと長い行列が水桶を持って現れた。

「あ、あれは……」

それは村はずれにある麒麟の社の神官とそこで働く者達だった。さらに皇帝の言葉を信じて水桶を持って避難していた熱心な信者たちの長い長い行列だ。

それはまるで天から差し向けられた救世主のように人々の目には映った。

彼らは次々に火元に水をかけていった。桶が空になった者の後ろから次の桶の水をぶっかける。火が勢いを取り戻す前に次の水を、そしてまた次の水を。

そして行列が終わるぎりぎりで、炎が見えなくなりついに跡形もなく消え去った。

尾宿の民は、それを見て「おおおお！」と歓声を上げた。

「ありがとうございます。おかげで大火事にならずに済みました」

村人と共に衛兵たちも神官にひれ伏して礼を言った。

だが神官はにっこりと微笑んで首を振った。

「我らはただ皇帝陛下がお命じになった通りに備えをして待っていただけです。村を救ったのは陛下の民を思う御心でございましょう」

そう言われて村人も衛兵も気付いた。

「おお……そうだった。陛下がお言葉を下さっていたのだ」

この時、雷を見た村人と衛兵たちは、その後皇帝陛下の熱心な信奉者になったと聞く。


実のところ玄武公が国を牛耳るために一番厄介だと感じているのは、太政大臣の孔曹ではない。孔曹が取りまとめる国中に散らばる八百万《やおよろず》と言われる社《やしろ》の神官と信者たちだ。

彼らは麒麟皇家の忠実な臣下であり熱心な信奉者だった。

黎司自身も皇帝となった自分が持つ、その未曾有《みぞう》の信者の勢力をまだきちんと把握していなかった。

中には欲に堕《お》ちた神官もいたが、大多数は神と麒麟の力を信じ、四公の誘惑にものらない誠実な神官たちだ。

黎司の廃位も世論なくして行えないのは、彼らの反乱が起こるからだ。

そのためにも黎司が麒麟の力のない皇帝であることを証明せねばならなかった。

だが玄武公の策略は、朱雀と青龍の一部の地に黎司を崇《あが》める熱心な信者を生み出すという皮肉な結果に終わった。

十、三つ目の先読み

「此度《このたび》の先読みもお見事でございました、陛下」

味気ない朝餉《あさげ》を済ませ、禊《みそぎ》の水殿に浸《つ》かる黎司に翠明が告げた。

祈禱殿に籠《こも》る前に聖水で満たされた水殿で身を清めるのが初代創司帝の日課であった。先帝までは年に数度の儀式になっていたが、封禪の儀式の復活と共に再開した。

皇宮内の御内庭と呼ばれる神聖な中庭に聖水の湧き出る小さな泉があった。黄金泉《おうごんせん》と呼ばれる不思議な泉は創司帝の時代には聖水と共に砂金が湧き出ていたと言われていて、この泉があるからここに皇宮を建てたという話もある。それほど霊験あらたかな泉の水を宮付きの宮女たちが毎日汲《く》んで、皇帝の水殿が常に満たされているようにしている。封禪の儀式が年に数度となっても、水殿は創司帝の時代から欠かさず満たされていた。

「先読みが当たったのは、私の祈りで災厄を防げなかったということでもある。それに少なからず犠牲になった者もいると聞いている。手放しで喜べることではない」

黎司は禊用の白装束姿のまま、水没した階段をゆっくりと上り水殿の外に出た。

濡《ぬ》れた白装束を脱ぎ、水気を拭《ぬぐ》うための浴衣《ゆかた》を羽織り、隣の温かい部屋に入った。翠明もその後をついていく。ここでしばらく体を乾かしてから、侍女の待つ衣裳《いしょう》部屋で皇帝の衣装に着替える。禊の場には神官の翠明以外の者を入れることはなかった。

「ですが陛下の詔がなければ多大な災害となっておりました。朱雀と青龍の村社《むらやしろ》の神官たちからは、続々と拝謝の文が届いております」

黎司は温まった檜《ひのき》の階《きざはし》に腰掛け、黙ったまま考え込んでいた。

「嬉《うれ》しくないのでございますか？」

翠明はこれほどの偉業を遂げながらいまだに深刻な様子の黎司に、三日月の目を細めた。

「いや、多くの民が救われたことは素直に嬉しく思う。天に感謝している。だが……」

「三つ目の先読みでございますか？　いったい何が視えたのでございますか？」

先読みについては、詔を出すまで翠明にすら告げていなかった。

「未来は刻一刻と移り変わるものなのだ、翠明。朱雀の大風の被害を防いだことで生き延びた者が多く出た。災害前に収穫された作物が飢饉《ききん》で飢え死にするはずだった者を生かした。命あるものの数だけ未来は新たな道を作り、どんどん世界を変えていく。祈禱殿で視える未来は日々違う未来に置き換わっていくのだ」

幾通りもの未来が重なるようにぼんやりと映っていたものが、日が近付くにつれてはっきりとしてくる。だから五日以内の詔しか出すことができなかった。

現に朱雀の先読みが当たる前と後で、青龍の大火事の様相は大きく変わった。

もはや大火事は免れないと思っていたはずが、日を経るごとに小さな火事となり、前日には小火《ぼや》程度になって、それが現実となった。

「人々の意識が変われば行動が変わり、未来が変わる」

半信半疑だった皇帝の詔を信じる者が増えるごとに未来が変化したのだ。

「では三つ目の先読みは変化したのでございますか?」

翠明が尋ねると、黎司は静かに肯《うなず》いた。

「ああ。三つ目の先読みは詔を出してどうにかなるものではなかった。だが朱雀の大風の後、大きく変わった」

「いったい何が視えていたのでございますか?」

「暴動だ」

「暴動!?」

翠明は思わず声を上げた。

「即位の式典の的当てを外し、朱雀の大風と青龍の大火事という大きな災害を防げなかった皇帝は、麒麟《あお》の力など持たない天に見放された不吉な帝《みかど》だとでも吹き込まれたのだろう。四公に煽られた大衆が各地で暴動を起こしていた。黄軍と激しくぶつかり合い、多くの死者が出て、最後には黄軍すらも寝返っていた」

「な!! まさか……」

翠明は信じられない内容に蒼白《そうはく》になった。

「すでに玄武公が中心になって暴動を起こす準備は出来ていたのだろう。あまりに手際よく四方から同時に示し合わせたように暴動が起こっていた」

黎司が行動を起こさねば、真っ直ぐにその未来に突き進んでいたのかもしれない。

「そしてまだ靄《もや》のようにしか見えない先の未来に、私らしき人物が、多くの民が見物する中、小舟に乗り込んでいく姿がうっすら視えた。そしてなぜかそこに……」

董胡らしき角髪《みずら》頭の後ろ姿が見えたのだ。

玄武の后《きさき》に託したはずの董胡がなぜ一緒に島流しにされているのか。

とにかくその未来だけは変えねばならないと、翠明に頼んで式神を使って説得するつもりだった。あの夜、そのために董胡をわざわざ呼び寄せた。

しかし結局、董胡の意志は強く、それで一緒に島流しにされているのだったかと逆に納得したのだが。そして、未来を変える以外に道はないのだと腹をくくった。

「その未来は……大風のあと、どうなったのでございますか？」

翠明は不安げに尋ねた。

「案ずるな。朱雀の大風のあと、大きく変わった。僅《わず》かに玄武と白虎の地で小さな暴動が起きていたが、収まっていくように見えた。ゆうべの青龍の大火事が現実となったことで、また変わったのではないかと思う。うまくいけば、暴動は何も起こらず三つ目の災厄は未然に防げるかもしれない」

黎司の言葉に翠明はほっと息を吐いた。

「左様でございますね。大風を当てたことでそれほど変わったなら、青龍の火事も当てたことで暴動を扇動するのは難しくなったはずです」

「今日の先読みで一体なにが視えるのか……。そなたも祈っていてくれ」

「はい。もちろんでございます」

今日変わっていなかったなら、おそらくもう止められない。

黎司は覚悟を決めたように侍女たちの待つ衣裳部屋へと向かった。

衣装を身につけ祈禱殿に入った黎司は、期待を込めて手印を組み銅鏡を見つめた。

「どうか、暴動のない未来を……。変化していてくれ。魔毘、頼む」

魔毘の名を告げると同時に銅鏡が輝き出す。

祈りを込めて見つめる先には、いつものようにせわしなく流れる未来が視えてきた。

「暴動はない。ないのか？」

それらしき光景が視えないことに希望を浮かべた黎司だった。しかし次の瞬間、信じられない場面が映し出された。

「な!!」

想像もしなかった光景に驚愕《きょうがく》する。

「そんな……まさか……」

思わず立ち上がり銅鏡に縋《すが》り付く。

「なぜこんなことに……」

そこには今まで視《ひ》えていたものと、まったく違う未来が映し出されていた。

黎司はがくりと膝《ひざ》をつき、その光景を唖然《あぜん》と見つめていた。

◆

青龍の火事から三日が過ぎていた。

「ふふふ。あった、あった」

董胡は医官姿に変装して、后宮を抜け出していた。

「食べごろの棗《なつめ》がこんなに落ちてる。王宮の人たちは、こんな見事な棗の木があるのを知らないのかな？　村にあったら取り合いになってただろうに」

レイシと会った棗の木の下にこっそり忍び込み、拾い集めていた。

この見事な棗の実が誰に拾われることもなく土に還《かえ》っていくと思うと、居ても立ってもいられない。茶民が止めるのも聞かず、すぐ戻るからと拾いに来てしまった。

「青龍の被害も少なく済んで、帝もほっとしておられることだろう。ずっと祈禱殿に籠って祈り続けておられるとか。次に后宮に来られた時は、この棗を使って美味《お》しいお菓子を作って差しあげよう。ついでに手土産にしたら側近のレイシ様にも分けてくださるかな？　だったらレイシ様も食べられそうな味付けにしないとな」

一時はレイシと共に孤島に流される覚悟だったが、事態は急変していた。もはや玄武の后宮ですら帝の悪口を言う者はおらず、皇帝廃位を望む声などもうどこにもない。

宮内局の薬庫の医官も、皇帝をほめちぎっていた。

「そうだ。万寿《まんじゅ》にも、この棗を分けてあげよう」

薬庫の医官は万寿という名だった。

万寿には今回の騒動で無理を言ってずいぶん薬草を分けてもらっていた。

レイシにつき従って王宮を出るつもりで手に入る限りの薬草を集めたが、騒動が収束に向かいつつあるため最低限のものを残して先日返しに行っていた。ついでに自分で摘んで干した薬草もおすそ分けしたのだが、とても喜んでくれた。

彼は王宮の薬庫の窓口を任されるだけあって薬草に詳しく話が弾んだ。董胡が平民出身だと話すと気兼ねもなくなり、すっかり意気投合していた。


「おお！　いい棗じゃないか。うちの細君《さいくん》が喜ぶ。好物なんだよ」

万寿は通いの医官だと聞いていたが、所帯持ちだったようだ。

「喜んでもらえて良かった。万寿にはいろいろお世話になってるからね。また拾ったら持ってくるよ」

棗だけ渡して立ち去るつもりの董胡だったが、万寿が声をひそめて話しかけてきた。

「なあ、ところで玄武の后宮には最近重病の姫君でもいるのかい？」

「重病の姫君？」

董胡は首を傾げた。

「いや、先だって玄武の皇太后様の医官が妙なものを注文してきたからさ」

「妙なものって？」

「烏頭《うず》だよ。しかも天凜《てんりん》烏頭がないかってさ」

「天凜烏頭？」

董胡は驚いて聞き返した。

烏頭とは劇薬の一種だった。野山に咲く鳥兜《とりかぶと》の塊根《かいこん》のことで、その形が鳥の頭に似ていることが名前の由来と言われている。

鳥兜の塊根は、その収穫時期などによって烏頭、附子《ぶし》、天雄《てんゆう》という三種類に分けられる。附子と天雄は、熱を加え減毒処理することによって気血を高める貴重な生薬となる。だが烏頭は毒素の塊であって、慣れた者でも扱いを間違えると大変なことになるので、滅多に使うことはない。主に痛み止めに使われるが、副作用も強く、余程痛みに苦しむ末期の病人にしか用いることはない。特に天凜烏頭は……。

「普通の烏頭の方が扱いが簡単ですよって言ったんだが、天凜烏頭が欲しいってな」

「天凜烏頭は熱を加えると分解されて無毒になるんじゃなかったっけ？」

「ああ、他の烏頭のように煎《せん》じてしまうと使い物にならねえ。すり下ろして水に漬け抽出するしかないが、そうなると今度は毒性が強すぎて一滴皮膚についただけでも全身が痺《しび》れて下手すりゃあ気息が止まるほどだ。扱う者まで危険に晒《さら》される」

霊山でもある天凜の山で採れる天凜烏頭は水に溶け出す珍しい品種で、皮膚からも毒素が吸収されてしまう危険なものゆえに扱いが難しく、用いる医師などほとんどいない。

「なぜそんなものを？」

「さあな。まさか毒矢を作って戦争でもおっぱじめるのかと思ったが、それにしても普通の烏頭の方が便利だしな」

天凜烏頭は大昔、毒矢などに用いられていたとして有名な代物だった。だが加工技術が発達して、もっと扱いやすい烏頭が出てからは毒としても使われなくなったと聞く。

「天凜烏頭にこだわる理由がさっぱり分からねえ」

董胡はぞわりと嫌な予感がした。

皇太后の医官が関わっているなら、玄武公の指図かもしれない。

玄武公が毒を盛る相手といえば……。一人しか思い浮かばない。

（まさか帝《みかど》を暗殺するつもりで？）

今回の先読みの的中で玄武公の思惑は大きく外れ、相当苦々しく思っているはずだ。

「もしかして天凜烏頭を渡したの？　置いてあったんじゃないよね？」

今では使い途《みち》のない廃棄品になっているはずだ。

「それが見本品があったんだよ。他の烏頭と見分けるために置いてたものだけど、それでもいいって慌てて持っていったんだよな」

万寿の言葉を聞いて、董胡は跳ねるように走り出した。

「あ、おい、董胡……」

呼び止める万寿にも振り返らず、夢中で駆け出していた。

(どうしよう、どうしよう。帝に知らせないと。いや、レイシ様か翠明様に知らせる？　でもどうやって？　皇宮に行っても通してくれるわけはないし……)

そのまま玄武の后宮を通り過ぎようとしたが、その門前に大きな輿《こし》が二挺《ちょう》も止まっていることに気付いて、董胡は慌てて立ち止まった。

一つの輿の屋根には玄武獣の雛形《ひながた》、もう一つには白虎獣の雛形がついていた。

四神を屋根につけた輿といえばそれぞれの主《あるじ》、つまり玄武公と白虎公の輿に違いない。

それぞれの輿を運ぶための従者が塀にずらりと並び、護衛の数も物々しい。

(玄武公と白虎公が来ているのか？)

董胡は急いで門番に医官の木札を見せて宮の中に入った。

そのまま一の后宮に入ると、茶民と壇々が焦ったように駆け寄ってきた。

「もう！　鼓濤様、どちらに行かれてたのですか。すぐ戻るとおっしゃってたのに」

「お館《やかた》様が皇太后様の二の后宮においでのようなのです。こちらにもお越しになられたらどうしようかと、冷や冷や致しました。生きた心地がしませんでしたわ……」

「早くお召し替えを！　そのお姿を見られたら死罪でございますよ！」

に進む。

「ああ……恐ろしや……眩暈《めまい》がしますわ……」

がなり立てる茶民と頭を押さえる壇々に持っていた棗を渡して、董胡はずんずんと奥に進む。

「玄武公と白虎公はどこの部屋にいるか分かる？　茶民」

「どこって皇太后様の宮ですが、先ほどあちらの侍女たちが三の間にお茶をお運びするようにと騒いでいたので、おそらくそちらかと」

「三の間って？　どの辺り？」

「こちらの一の后宮から回廊を渡ってすぐの小部屋かと思いますが。そんなことを聞いてどうなさるのですか？」

怪しむように尋ねる茶民に、董胡は即答した。

「三の間の床下にもぐり込む」

「なっ！」

「ひいいいい……」

絶句する茶民と卒倒しそうな壇々を置いたまま、董胡は人気のない回廊から床下に身を投じた。土台石の上に整然と柱が並ぶ床下は、回廊を挟んですべての建物が繋《つな》がっている。所々狭い場所もあったが、細身の董胡は余裕で潜り抜けることが出来た。埃《ほこり》と蜘《く》蛛《も》の巣をはらいながら這《は》うように進んでいく。

平民といえども床下を這い廻ったのはさすがに初めてのことだが、帝の命がかかっているかもしれないのだ。あれこれ考えている場合ではなかった。

やがてしばらく這ったところでぼそぼそと話し合う声が聞こえてきた。

「そなたがやるのだ、虎氏殿」

「な！　なぜ私が？　亀氏殿の方が万事うまくやるではないですか！」

「しっ！　声が大きい。人払いさせた意味がないじゃろうが」

「す、すみませぬ。で、ですが、やはり私には荷が重く……」

紛れもなく玄武公と白虎公の二人の話し声だ。わざわざ皇太后の御座所から離れた狭い三の間にいる時点で怪しい。董胡の予感が当たったようだ。

まさか人払いした后宮の床下に一の后《きさき》が入り込むなどと思ってもいないことだろう。

「もはや帝の廃位などと手ぬるいことを言っている場合ではなくなった」

「し、しかし……だからと言って神の泉と言われている黄金泉にそのような……」

「今回こそは必ずうまくいく。食べ物の毒には毒見を数人置き警戒している帝だが、まさか皮膚から染み込む毒があろうとは気付かぬだろう」

(皮膚から染み込む……。やはり天凜烏頭を使って帝を暗殺するつもりだ)

ばくばくと心臓が鼓動を打つ中で、董胡は必死に聞き耳を立てた。

「こ、これを黄金泉に流し込めと言うのですか？　霊験あらたかなあの神聖な泉に……」

流し込むということは液体の入った小さな壺《つぼ》のようなものを渡されたに違いない。

(口に入れるものなら帝も充分警戒している。だから皮膚から染み込む毒を選んだのか。

黄金泉とは、帝の湯殿に使う泉なのだろうか)

菫胡は考えを巡らせた。

泉に流せば毒の濃度はずいぶん薄まる。薄まれば一滴で死に至ることなどない。湯に浸《つ》かるぐらい広範囲に接触しないと命を落とすほどの毒は受けないはずだ。だがそれとて風呂《ふろ》を沸かすなら問題ない。天凛烏頭は熱を加えると毒素がほとんど無くなる。

(加熱が足りなかったとしても多少手足が痺れる程度で済むはずだけど)

暗殺を焦り過ぎて冷静な判断を失っているのか、毒草の知識が足りないのか、とにかく実現には無理があるだろうと菫胡は安堵《あんど》の息を吐いた。

だが次の玄武公の言葉で絶望に変わる。

「帝は封禪の儀式の復活と共に、毎朝、黄金泉の水で満たされた水殿で禊《みそぎ》を行っている。今晩のうちに烏頭を流し込めば、明日の禊で帝は帰らぬ人となるであろう。ふふふ」

(な!!)

帝が神事を行う人であることを忘れていた。

(禊……。では水の中に身を沈めるということか……)

熱を加えなければ、毒素は威力をそのままに帝の皮膚から取り込まれることだろう。

禊を行う者にしか通用しない特殊な毒殺方法だった。

(ど、どうしよう……。帝は気付くだろうか？　側近のレイシ様は……翠明様は……)

医学知識が深そうな翠明でさえ、そんな毒殺方法があるとは気付いていないだろう。

かなりの薬学通の董胡ですら考えたこともなかった。

「で、ですが、亀氏殿。私は皇帝の儀式を掌《つかさど》る式部《しきぶ》局の局頭を務める者でございます。その神泉に毒など
黄金泉などの神聖なる事物に誰よりも敬意を払う立場でございます。

……て、天の罰を受けるのではと……その……」

虎氏はさすがに事が事だけに尻込《しりご》みしているらしい。

「そなたが式部局の頭だからこそ言っているのだ。黄金泉の管理をするのは式部局の仕
事であろう。口の堅い官吏を選んで泉に流し込ませればいい」

「で、ですが……急に言われましても……適任者がいるかどうか……」

どうにかして断りたいらしいのが伝わってくる。

「分かっておらぬようだな、虎氏殿」

業を煮やしたのか、ぞっとするような威圧感を込めた玄武公の声が響いた。

「二つの先読みを当てたことで、大衆の皇帝への信頼は大きな渦となってきている。す
ぐに手を打たねば、帝はこの大衆の声に援護されて余計なことを調べ始めるやもしれぬ」

「よ、余計なこと？」

「そなたが他国でどうやって荒稼ぎしているかとか……な」

「そ、それはっ！　亀氏殿も同じでございましょう！」

「そうだ。つまり、帝をのさばらせておけば共倒れになるということだ」

「う……」

虎氏は玄武公にそれ以上何も言い返せないようだった。

（この二人は……一体どのような悪事に手を染めているんだ……）

だが、今はそんなことに構っている場合ではない。

まずはこの暗殺を止めなければ。

董胡が目まぐるしく考えている間に、玄武公は話を終え「儂《わし》は皇太后様にご挨拶《あいさつ》して行く。あとは頼みましたぞ、虎氏殿」と言い捨てて部屋を出て行った。

一人部屋に残された虎氏は、玄武公の足音が遠のくと大きなため息をついた。

「まったく……。亀氏め、嫌な役ばかり私に押し付ける」

ぶつぶつと虎氏が愚痴を言うのが聞こえる。

「あんな恐ろしい男だとは思わなかった。人を殺すことに躊躇《ためら》いもない。帝《みかど》ですら平気で殺《あや》めようというのだからな。逆らえば儂すらも蟻を踏みつけるごとく殺すつもりだ」

ぶつぶつ言ってはため息をつき、考え込んではまたため息をついている。

「黄金泉はこの皇宮でも一番神聖な場所だと言われているのに。もしも天罰が下ったらどうしてくれるんだ。自分は命じるだけで汚れ役は儂に押し付ける。くそ、亀氏め」

どうやら虎氏は霊験がある泉に毒を入れることに、相当躊躇いがあるらしい。

信仰心の欠片《かけら》ぐらいは残っているようだ。

（ならば一か八か、やってみるしかないか……）

長年周りを欺き男装してきた董胡の、無謀なほどの度胸が即決した。

床下から這い出す場所を探しながら玄武の黒い襷襟《たすきえり》を外し、宮内局の紫の袍《ほう》を脱ぎ白絹一枚になった。角髪《みずら》の結び紐《ひも》を解いて長い髪をおろすと、まだ人払いされているのを確認しながら、ひょいと床下から飛び出した。

そのまま足音を忍ばせて三の間の前に膝《ひざ》をつくと、密《ひそ》やかな声で中に告げる。

「失礼致します」

董胡は虎氏の許可を待たずに、すっと襖《ふすま》を開きするりと部屋の中に入り込んだ。

「な、なんだ！」

虎氏は突然部屋に乱入してきた董胡にぎょっとした。

後ろめたい気持ちがあったからか、白絹に長い髪を垂らした董胡が人ならざる者に見えたのか、かなり動揺しているのが分かった。

「白虎公、虎氏様でございますね」

長い黒髪を畳に垂らし、顔が見えないように拝座の姿勢で俯《うつむ》いた。

男にしては艶《つや》やかに手入れされた長い黒髪。女にしては姿勢の良すぎる拝座姿。

狐でも化けて出たのかと虎氏は震撼《しんかん》していた。

「そ、そうだが……。な、何用じゃ」

「烏頭を受け取りに参りました」

「な!?　なぜそれを……」

絶対知られてはならない秘密を早々に告げられて、虎氏は慌てた。

「亀氏様より、やはり虎氏様に任せておくのは心配だと、わたくしが万事行うようにと今しがた命《めい》をお受け致しました」

「亀氏殿が？　な、なんだ、今更。それなら最初から亀氏殿がやればよかったではないか。人を振り回しおって」

虎氏は憮然《ぶぜん》とした。

「では……ご自分で成されますか？」

そう聞き返されて、虎氏はごくりと唾《つば》を呑《の》み込んだ。

「い、いや。せ、せっかく亀氏殿がそなたに命じたのなら任せることにしよう。その方がうまくいくだろう。うむ。それがいい」

厄介なことに巻き込まれるのはごめんだと、虎氏は慌てて了承した。

「では烏頭の壺をこれへ」

菫胡は拝座のまま、両手を前へ差し出す。

虎氏は懐から、詰め蓋《ぶた》をした、くびれた小さな黒い壺を取り出した。そして菫胡の手の上に壺を載せようとして、ふと動きを止めた。

「そなた……本当に亀氏の命を受けた者であろうな……」

急に不安になったようだ。

「わたくしをお疑いでございますか？　亀氏様の秘中の間者にて身分を明かすことはできませんが、烏頭の効能などをお話しすれば信じて頂けますでしょうか？」

「烏頭の効能？」

虎氏は菫胡を怪訝《けげん》な顔で見つめた。

「その毒壺《どくつぼ》に入った烏頭は天凜烏頭といい、毒性がそのままに水に溶け出す大変危険な毒物でございます。高濃度に濃縮されておりますれば、一滴口に含むだけで体中が痺《しび》れ手足が震え、息が出来なくなり泡を吹き出し、一瞬で心の臓が止まります」

「な!!」

虎氏はその恐ろしい毒性に今更ながら驚いていた。

「さらに恐ろしいのは、皮膚についただけでもその毒素は皮膚から体内に入り、口に入れたのと同じように全身が痺れ死に至ります。ああ、そのように壺を傾けて指先につくようなことがあれば、命の保証は出来かねます」

「ひ、ひいいい!!」

虎氏は慌てて、菫胡の手に壺を投げ渡した。

「よ、よくも亀氏め。そ、そんな恐ろしい物をこの儂に……」

「亀氏様はよもや不手際があって虎氏様が命を落とすことがないかと不安になり、毒の扱いに慣れたわたくしに命じたのでございましょう」

「そ、そうだな。それは正しき判断だ。き、亀氏殿には感謝していたと伝えてくれ」

虎氏は毒を手放したことで少し落ち着きを取り戻して告げた。

「畏《かしこ》まりました。無事に事を成したあと、お伝えいたします」

拝座の姿勢で俯く口元がにやりと微笑んだことに虎氏は気付きもせず、もうこれ以上関わり合いたくないと立ち上がると、そそくさと部屋を出て行った。

虎氏が待たせていた従者の許《もと》に戻り二の后宮から出ていくのを柱の陰から確認して、董胡はようやくほっと胸を撫《な》で下ろした。

(良かった。玄武公に会うことなく行ってくれた。これで時間は稼げたはずだ)

天凜烏頭の抽出には最低二日かかる。手に入れた烏頭が万寿からのものだけなら、この壺一杯分を抽出するだけで予備はないと思いたい。

十一、玄武の后宮にて

虎氏から毒の壺を受け取った翌日、董胡はそわそわと一日を過ごした。

烏頭の黒い壺は処理に困って、部屋に持ち帰っていた。

董胡ですらその威力が計り知れない猛毒だけに、下手に捨てて誰かが拾い、惨事が起こることを考えると、そのまま持ち帰る以外になかった。

とりあえず玄武の一の后《きさき》の部屋なら、勝手に持ち出されることもないだろう。

それより玄武公が予備の天凜烏頭を持っていて、別の者を使って毒を流していないだろうかと心配だった。帝が禊《みそぎ》で倒れたなどという知らせが来たらどうしようと落ち着かなかった。

昼になっても皇宮内に騒ぎがないのを見て、董胡はやっと安堵《あんど》の息を吐いた。

そして、黄金泉に気を付けるように后である鼓濤から帝に文を出そうと思いついたところで、茶民が部屋に入ってきた。

「鼓濤様！　先触れが参りました。今宵《こよい》、帝がこちらにお越しになるそうです！」

ずいぶん久しぶりのお渡りだった。三つ目の詔が出るまで祈禱《きとう》殿に籠《こも》られてお渡りはないものと思っていたので、董胡は驚いた。

（三つ目の先読みはどうなったのだろう？）

いろいろ疑問はあったが、とにかく帝《みかど》が元気そうなことにほっとした。

「鼓濤様、今日のお饅頭《まんじゅう》は何でございますか？」

壇々は目を輝かせて日課のように尋ねた。

「お祝いの紅白饅頭にしようと思う」

「ほんにお祝いでございますわ！　不躾《ぶしつけ》ながら昨日は生きた心地がせず鼓濤様をお恨み申し上げました。平穏な日々が戻って安堵致しました」

今日は時間がないので女嬬を見張りにして、茶民も一緒に饅頭を作っている。

「本当に昨日は驚きましたわ。医官姿でお外から戻られたと思うと、床下にもぐり込むなどと言い出して、戻ってきた時には髪を振り乱し白絹の下着姿で……思い出しただけでも……ああ恐ろしや……恐ろしや……」

壇々は思い返しただけで眩暈《めまい》を起こしそうになっている。

「ついに気が触れてしまわれたのかと血の気がひきましたわ！　もう二度とあのような恐ろしい真似はやめて下さいませ！」

「ごめん、ごめん。もうしないから」

董胡だってもう二度とあんな密偵まがいの緊迫感を味わいたくはない。

「何があったのか知りませんが、すべて解決したのでございましょう？」

「うん。今日陛下とお会いすれば万事うまく収まるはずだから」

二人の侍女には玄武公を探っているだけだと、それ以上の詳しい話はしていない。

詳しく話せば余計に怖がらせて、壇々などはまた知恵熱を出しかねない。

「さようでございますわね！　我らには天のご加護がある帝がついていますもの」

「まことに鼓濤様は良い方に嫁がれました……」

ほんの数日前、帝の寵愛《ちょうあい》を迷惑がっていた口が言う。先日は鼓濤を想う二人の本心に少しばかり感動したのだが、危険が去るといつもの現金な二人に戻ったようだ。

今ではそういうところも憎めない可愛い妹のような二人なのだが。

「今日は饅頭の他に昨日拾った棗《なつめ》で手土産のお菓子を作ろうと思う」

「手土産でございますか？」

なんとかレイシにも届いてくれという思いで多めに作るつもりだ。

「棗の種をくりぬき、そこに黒糖でからめた胡桃《くるみ》を詰め込むんだ。外は棗の果肉がふんわりとしていて、中は胡桃がかりっと香ばしくて食感も味も絶品だよ。棗は滋養強壮に良く胡桃は血のめぐりを良くする。どちらも血を補い美容にもいいんだよ」

「まあ！　美容に良いんですか？　そういうお菓子は王宮内では高く売れるそうですわ」

「私は美味《おい》しいものなら何でも食べたいです……」

「ふふ。たくさん作るから二人にもちゃんと分けてあげるよ」

いつもの日常が戻ってきたのだと、改めて実感した。

「それにしても、もしも帝の先読みが外れていたらと思うとぞっとしますわ！」

「そうですわ。鼓濤様はお姿を消し、私たちもどうなっていたか……」

「本当に元通り、平和な日々に戻って良かったですわ」

まさに元通りになった。董胡にとっては、少し残念な部分もある。

もしも帝が廃位されて島流しになれば、苦労はあるだろうがレイシのそばで専属薬膳《やくぜん》師として暮らしていけたはずだった。面倒な后の装いもせず、医官の董胡となってレイシのために思う存分薬膳料理を研究する毎日も捨てがたい。

だが、帝の側近であるレイシが望む未来ではなかっただろう。

レイシの幸せを願う董胡としては、これで良かったのだと思うことにしている。

ただ、楊庵に連絡をつけられるはずが、そこは振り出しに戻ってしまった。

また連絡する方法を一から探さねばならない。

結局、良くも悪くも元通りということだ。

「噂によりますと朱雀や青龍で難を逃れた人々は、新しい陛下のどこがうつけなのだと、誰が最初にそんな大嘘をついたと憤っているようですわ」

「あのご立派な陛下をうつけだなんて、まったく失礼な話ですわ」

茶民と壇々も、さんざんうつけだの乱暴者だのと言っていたのだが、もう忘れているらしい。今では二人とも、すっかり帝の信奉者になっている。

「それに御用聞きの者が遠目に帝のお姿を拝見したようですけど、冕冠《べんかん》を被《かぶ》っていてお顔まではっきり見えなかったとは言っていましたが、麗しい立ち姿だったとか」

「噂によるとお顔も天人のようにお美しいそうですわ」

これが玄武公の言っていた大衆の心理というものかもしれない、と董胡は思った。

皮肉なことに玄武公の思惑と正反対に動いてしまったわけだが。

「壇々は饅頭を出した時に帝のお顔を見たのではないの？」

「い、いいえ。あの時は緊張して、恐ろしくて顔を上げることもできなかったので見てないのでございます。ちらりとでも見ておけば良かったですわ」

「そういう鼓濤様は帝のお顔を見たことはないのですか？」

これほど何度も会っていながら、董胡もまだ直接見たことはなかった。

「夜だし御簾《みす》ごしだから顔の造りまではよく見えないけど、ぶ男ではないと思うよ」

少なくとも姿勢が良く、居住まいの綺麗《きれい》な方だとは思った。

「まあ、まだその程度のご関係ですの。じれったいですわ」

「鼓濤様から御簾の中に招き入れてはどうでしょう」

侍女二人はもっと深い仲になって欲しいようだが、董胡はぶるぶると首を振った。

「や、やめてよ。私は今のまま饅頭だけ出している関係がいいんだから」

「なにを子供のようなことを。お后様なのですよ」

「鼓濤様は少し奥手が過ぎますわ」

十三と十五の侍女たちにこんなことを言われる始末だった。

◆

「此度《こたび》は陛下の先読みにより、多くの民が救われました。民に代わり感謝申し上げます」

夜になって帝がやってきて、毒見の侍従が役目を終えて出ていくと、董胡は御簾の中で頭を下げた。

帝は目の前の高盆に積まれた赤白の饅頭を見やる。

「それで紅白饅頭か。中身は何が入っているのだ？」

「よい金時豆《きんときまめ》が入りましたので、水に浸してじっくり煮込みました。出来立ての餡《あん》がたっぷり入っております」

「ふ。まるで自分で作ったように言うのだな」

帝に言われて董胡はぎくりとした。つい壇々に説明するように言ってしまった。

「そ、そのように、作った者が申しておりました」

貴族の姫君が自分で餡を練って饅頭を作るなど、下品なことなのだった。

だが帝は怪しむこともなく、饅頭を手に取りぱくりと頬張った。

「うん。美味《うま》いな。甘いものはあまり好きではないと思っていたが、これは美味い」

甘さを控えめにしておいて良かった、と董胡は胸を撫《な》で下ろした。

「そ、それから……棗のお菓子を手土産に用意致しました。たくさんありますので持ち帰って皆様でお召し上がりくださいませ」

「手土産を？」

帝は聞き返した。

「は、はい。私の薬膳師がご側近の方々にも召し上がっていただきたいと……その……」

董胡はレイシに渡したいあまり、はっきり言い過ぎたかと慌てて言葉をにごした。

しかし帝はすぐに納得したように、董胡が欲しい返事をくれた。

「ふ……。なるほど。では側近にも分けておくと薬膳師殿に伝えておいてくれ」

時々帝はこちらの思惑をすべて分かっているのではと思うことがある。

だがあれほどの先読みをする人なのだから当然かもしれないとも思った。

「そなたと、そなたの薬膳師には礼を言わねばならぬ。ここで食べる饅頭が、私に大いなる力をくれた。此度の先読みはそなたらのおかげと思うておる」

「畏《おそ》れ多いことでございます」

「だがそなたとしては複雑であろうな。玄武公は私の廃位を願っていただろうに」

腹を探るように帝が告げた。

確かに玄武公の娘である鼓濤は喜んではいけないのかもしれない。しかし。

「いいえ。わが君の大勝利でございます」

董胡は心から帝の勝利を喜んでいる。

「…………」

帝《みかど》は董胡の言葉をどこまで信じていいのか考えあぐねているようだった。

そして試すように口を開いた。

「では、そなたはこの話をどう受け止めるかな」

「？」

「三つ目の先読みで私は死ぬ予定であった」

「えっ!?」

董胡は驚いて御簾の向こうの帝を見つめた。

「最初は暴動で廃位され島流しにされるはずだった。だが青龍の火事のあと、突然私が水に浮かび眠るように死んでいる光景に変わったのだ」

「まさか……」

それはまさに玄武公の企《たくら》みが成功して禊《みそぎ》の水で毒殺される光景に違いなかった。

「日に日にその光景がはっきりと映り、昨日はもはや実現を免れないほどになっていた」

「そんな、なぜっ!!」

慌てる董胡を制するように帝は続けた。

「案ずるな。今朝の祈禱《きとう》で突然その光景が変わったのだ」

「変わった？」

「うむ。今朝私が視たのは、全然違う先読みであった。そしてもはや間に合わぬほどはっきりとしていた」

「い、いったい何が……」

もっと別の災難が降りかかるのかと董胡は不安になった。

しかし帝は、ちょっと可笑《おか》しそうに告げた。

「白虎公の虎氏が階《きざはし》から転げ落ち、顔面をしたたかに打ち付け、鼻の骨を折る大惨事であった。気の毒なことではあるが、すでに私が視た直後に現実のものとなったようだ。どうやら彼が私の代わりに災難を受けてくれたらしい」

董胡は御簾の中で唖然《あぜん》とした。

「そしてさきほど伝え聞いた話によると、痛みにうなされながら狐に化かされただの、ばちが当たっただのとうわごとで訳の分からぬことを言っているらしい」

「…………」

董胡は思わず両手で口を覆った。

どうやら毒壺《どくつぼ》を渡した董胡を妖狐《ようこ》のようなものだと思ったらしい。そして後ろめたさゆえに、階から落ちたのは、ばちが当たったと思ったのだろう。

白虎公には気の毒だが、董胡もちょっと可笑しくなった。

「白虎公には災難を肩代わりしてくれてありがとうと礼を言うべきかどうかと迷っている。そなたはどう思う？」

董胡は笑いをこらえ、良いことを思いついた。

「ではお礼の代わりに黄金泉の水を贈られてはいかがでしょう」

「黄金泉の水を？」

帝は思いがけない返答に訝《いぶか》しんでいる。

「はい。霊験あらたかな泉とお聞きしました。打ち身に塗れば神の奇跡があるやもしれません。帝のお心遣いにきっと虎氏様も感激することでございましょう」

「ふむ。そのような効能があると聞いたことはないが……そうだな。気休めにはなるかもしれぬな」

「そして水を贈られる時は、手の平に載るほどの黒いくびれた壺に入れて差し上げてくださいませ」

「黒い壺？　なにか意味があるのか？」

「玄武では液体の薬は小さな壺に、詰め蓋《ぶた》をして保管致します。黒はより貴重な薬品に使います。是非とも黒い壺にお願い致します」

「ふむ……。そなたがそこまで言うならそうしよう」

帝は首を傾げながらも、素直に聞き入れてくれた。

それを受け取った時、虎氏はさぞかし仰天することだろう。そして、二度とこのような悪事に手を貸そうなどとは思わないと期待したい。

「それから陛下は毎朝、黄金泉の水で禊をなさっているとお聞きしました」

董胡はちょうどいい機会だと思い、今こそ帝に伝えるべきだと判断した。

「実は私の薬膳《やくぜん》師が先日恐ろしい毒の話を教えてくれました」

「恐ろしい毒？」

「はい。なんでも皮膚から入る猛毒だそうでございます。熱を加えればさほど問題ないようですが、禊をされる陛下におきましてはご注意して頂きたく存じます」

「黄金泉の水が危険だと申すか？」

「はい。もしもその毒を混入されると、御身が危険に晒《さら》されることになると思います」

「ならばどうすればいい？　禊をやめよと？　だが創司帝の作られた習わしを出来れば正しく踏襲したいと思うておるが……」

　董胡は昨日から考えていたことを言ってみた。

「黄金泉に鯉をお放しくださいませ、陛下」

「鯉？」

「はい。鯉を放しておけば、毒が混入すれば死んで浮かび上がることでしょう。また、鯉がいるとなれば、すぐにばれる毒を入れようなどと考える者もおりません」

「なるほど……」

　帝はしばし考え込んでから、ふ、と含み笑いをした。

「やはりそなたは面白いな。話せば話すほどに面白い。私が考えもせぬことばかり思いつく。しかも聡明《そうめい》な姫君であることもよく分かった」

　帝はひとしきり董胡を褒めたたえると、急にすっと立ち上がった。

そのまま真っ直ぐ進み寄り、御簾《みす》のすぐ前で立ち止まった。

「え？」

「な、なにを……」

董胡は慌てて脇に置いていた扇を開いて顔を隠した。

「そなたの顔を見てみたくなった。入ってよいか？」

間近に聞こえる帝の声にどきりと鼓動が跳ねる。

「こ、困ります。入らないでくださいませ!!」

騒動の数々に翻弄《ほんろう》されて、后《きさき》としての董胡はすっかり油断してしまっていた。

「異な事を言う。そなたは私の后であろう？　顔ぐらい見てもいいだろう」

「こ、困ります！　じ、実は今日は急なお渡りで準備が忙しく、お化粧をしていないのでございます。だから……陛下のお目汚しになるかと……」

「案ずるな。美醜でそなたに失望することはない。一目見るだけでよい。入るぞ」

「お、おやめくださいっ!!　陛下!!」

董胡の拒絶も無視して、帝は御簾に手をかけた。

董胡は慌てて立ち上がると、動転して隣の侍女達の控えの間に飛び込んだ。

仰天したのは侍女部屋に控えていた茶民と壇々だった。

「な、何をなさっているのですか、鼓濤様！　せっかく帝がお近付き下さっているのに」

「なんと恐ろしや。すぐに御座所にお戻り下さいませ」

茶民と壇々は逃げようとする董胡をぐいぐいと押し戻そうとする。

「茶民、壇々。後生だから逃がして！」

「不躾《ぶしつけ》ながら、往生際が悪いですわよ、鼓濤様」

「お后様なのですから、観念してくださいませ……」

無情にも二人は這《は》い出ようとする董胡を思わぬ馬鹿力で食い止める。

「無理だったら。心の準備が……」

「心の準備など……帝にお任せなさいませ。心配ございませんわ」

「ご立派な帝の何が不服なのですか？　国中の姫君が羨《うらや》むお方ですのに……」

「不服とかじゃないんだって……」

董胡は御座所の隅に立ててある几帳《きちょう》の裏まで無理やり戻された。扇に隠れてそっと御座所を覗《のぞ》いてみると、帝が后に逃げられ困った様子で立ち尽くしているようだった。

（ど、どうしよう……）

戻るしかないのかと、ほのかな燭台《しょくだい》の灯にうっすら見える帝の横顔を見て、董胡は息が止まりそうになった。

（な！　まさか……）

動揺したままもう一度侍女部屋に飛び込んだ。

「こ、鼓濤様！　いいかげんにしてくださいませ。帝がお気の毒ですわ」

「恐ろしや。お優しい帝でもさすがにお怒りになりますわ」

二人は再び董胡を押し戻そうとする。だが、董胡はもはやそれどころではなかった。

(待って。私は誰を見たの？　陛下？　でも、今見たのは……)

五年前の面影と、皇宮の回廊で遠目に見たレイシの凜《りん》とした整った顔立ち。

ほんの一瞬だったがレイシのように見えた。

(まさか……。そんなはずが……)

董胡はもう一度確認しようとして几帳から片目を覗かせた。

(？)

しかし御座所にはすでに誰もいない。

董胡は扇で顔を隠したまま、そっと几帳から出て御座所に戻った。

「そこまで避けられるとは思わなかった。すまなかったな」

御簾の外から帝の声がした。

董胡の逃げっぷりに諦《あきら》めて席に戻ってくれたようだ。

「い、いえ。わたくしの方こそ……申し訳ございません」

董胡は御簾ごしに見える影を凝視する。目の前に座る帝《みかど》は本当にレイシなのか。

口調は確かに似ている。だが貴族の青年はみな同じような雅《みやび》やかな口調なのかと思っていた。五年前のレイシからは声変わりしているし、先日話した時は翠明の式神の声色だったから分からない。

「別にそなたをどうこうしようとしたわけではない。顔を見たくなっただけだ」

「は、はい……」

まだ頭の中が真っ白で整理がつかない。もしも帝がレイシだったとしたら……。

（私はレイシ様の后ということ？）

そう考えが及ぶと、かあっと顔が熱くなった。

一瞬心の中に甘い疼《うず》きがあったものの、すぐに首を振る。

（あ、あり得ない！　そんなこと、あってはならない！）

レイシは董胡を男だと思っているし、だからこそ専属薬膳師に望んでくれたのだ。

もしも董胡が女だと知ったら……。玄武の一の后だと知ったら……。

（でもレイシ様が帝ならもしかして助けてくれる？　楊庵や卜殷先生を玄武公から逃がして、一の后『鼓濤』が薬膳師『董胡』に戻れたら。そして帝の専属薬膳師として雇ってもらえたなら……）

この段階ですでに『董胡』が帝の后『鼓濤』になるという選択肢は、董胡の中ではあり得ないこととして当然のように除外されていた。

（言うなら今しかない？　これほどの先読みの力を持つ帝なら……憧《あこが》れのレイシ様なら……玄武公が相手でもきっとなんとかしてくれるに違いない）

董胡は決意を固めて口を開いた。

「陛下……実は……」

いよいよ真実を告げようとした董胡だったが、それとほぼ同時に帝も口を開いた。

「誤解しないでほしい。私はまだそなたを信用したわけではない」

帝の言葉に、董胡は喉元《のどもと》まで出ていた言葉を慌てて呑《の》み込んだ。

「幼い頃より私は何度も玄武公に殺されかけてきた」

「！」

その言葉で自分が誰であるのかを思い出した。

真偽が分からないとはいえ、鼓濤は玄武公の娘なのだ。帝にとって自分を何度も殺そうとした憎い男の娘なのだ。

「今回の先読みで民の多くが私を認めてくれたとしても、貴族の多くはまだ玄武公の手の内にある。四公はまだ私を皇帝とは認めていまい」

そして若き皇帝は、まだまだ即位したばかりの危うい立場だった。

先読みの力があっても、全知全能の神ではない。むしろ力を示したことによって、更に暗殺の危険が大きくなった。

もしも今、董胡が事実を告白して助けてくれと言ったなら……。

「これまでの玄武公との確執を考えれば、玄武の后を信用するなど愚の骨頂である」

最悪の場合、レイシは董胡まで信じられなくなり心を閉ざしてしまうかもしれない。

「だが一方で、そなたと過ごす時間を楽しみにしている私がいるのも事実だ」

反対にレイシが董胡を信じて救い出そうとしてくれたなら、玄武公との確執をさらに深めて、もっと危うい立場に追い込まれるかもしれない。

「そなたが玄武公の送り込んだ刺客であるなら、私はまんまと手のひらの上で転がされているのだろう」

「そ、そのようなことはございません」

董胡はもちろんレイシを手のひらの上で転がしているつもりなど毛頭ない。

だが真実を話せば、董胡の思いとは裏腹にレイシを玄武公の罠《わな》に落とし込むことになってしまうかもしれない。董胡の存在が、玄武公が帝に付け込む隙を与えてしまうのではないか。

「そなたを信じたい私と……油断してはならぬという私が心の中で拮抗《きっこう》している」

「陛下……」

鼓濤を傷つけまいと言葉を選ぶ帝に心が締め付けられる。

「私はまだ死ぬわけにはいかぬ。用心に用心を重ね、生きて、やらねばならぬことがある。悪いがそなたに心を許しきることは……これからも出来ぬだろう」

それは后として扱えないということだろうか。

帝は意図していなかっただろうが、それが答えなのだと思った。

憎き玄武公の娘・鼓濤は、帝の食を預かる専属薬膳《やくぜん》師には決してなれない。

それはつまり、レイシの専属薬膳師になる夢が永遠に断たれることを意味する。

帝がレイシであるならば、なおさら絶対に鼓濤の正体を知られてはならない。

董胡はさっきと真逆の決意を固めて答えた。

「それで……よろしいかと存じます。そうしてくださいませ」

きっぱりと答える菫胡に、帝は苦笑した。

「そうあっさり納得されると、それはそれで傷つくものだな」

「も、申し訳ございません」

形だけの后・鼓濤。それでいい。帝とレイシを守るなら、これが最善の道だと思った。

やがて帝は、ふ……と笑ってから思い出したように尋ねた。

「そなたの名をまだ聞いていなかったな」

もちろん立后の書類に書いてあるのだろうが、名前などどうでもいいと思っていたのだろう。だが、名前を呼ぶ程度には心を許してもいいと思ったのかもしれない。

「鼓濤と申します」

菫胡が答えると、帝は心に刻むように呟《つぶや》いた。

「鼓濤か……。良い名だ」

帝に名を呼ばれると、菫胡の心が再び甘く疼くような気がした。

それは本当の自分の名ではない。

自分が鼓濤などという姫君でなければいいと、ずっと思っていたはずだった。

だが、ほんの一瞬、帝に名を呼ばれる鼓濤本人であればよかったのにと思った。

しかし、一瞬のことだ。

次の瞬間にはそんな風に思った自分を強く打ち消した。